The Other Side: Sein Angebot

Natalie Rabengut

Korrektorat: Claudia Heinen – https://sks-heinen.de

Coverfoto: © konradbak – fotolia.com

Natalie Rabengut c/o
Black Umbrella Publishing
Postfach 10 03 03
47703 Krefeld
www.blackumbrellapublishing.com

Sechs Monate früher

Nicholas Parker rieb sich über die brennenden Augen. Er hätte nach Hause fahren sollen, statt nach dem Flug aus Asien direkt ins Büro zu kommen. Die Müdigkeit machte ihm zu schaffen und der Text der E-Mail verschwamm immer mehr.

Wieder perlte das glockenhelle Lachen aus dem Nebenzimmer zu ihm. Es strapazierte seine Nerven und lenkte ihn ab. Dazwischen ertönte die dunkle Stimme seines Bruders, bevor wieder das Lachen ertönte.

Seit wann war Sean denn so lustig? Mit einem Stirnrunzeln stand Nick auf und schlich zum Fenster, das die beiden Büros voneinander trennte. Die Jalousie war heruntergelassen, vorsichtig schob er sie mit den Fingern auseinander.

Eine überaus attraktive Frau saß Sean gegenüber und es war offensichtlich, dass er sich alle Mühe gab, sie zu beeindrucken.

Ihre blonden Haare reichten bis zur Mitte ihres Rückens, die mandelförmigen Augen leuchteten in einem strahlenden Blau und sprühten vor Intelligenz. Ihr Mund war leicht geöffnet und bevor sie etwas sagte, leckte sie sich kurz über die Unterlippe.

Die kleine Bewegung ihrer rosafarbenen Zungenspitze erwischte Nick aus irgendeinem Grund außerhalb seiner Deckung und er holte scharf Luft.

Ihr schlanker Hals verschwand in einer weißen Bluse, die eigentlich einen Hauch zu weit aufgeknöpft war und den Ansatz ihrer Brüste enthüllte – zarte, cremige Haut so weit sein Auge reichte. Der schwarze Rock endete knapp über ihrem Knie, die Beine hatte sie überschlagen und wippte mit dem linken Fuß, der in einem schwarzen hochhackigen Schuh steckte.

Wer war das?

Unangenehm berührt, weil er sich selbst beim Spannen erwischt hatte, nahm Nick wieder hinter seinem Schreibtisch Platz. Doch nun konnte er sich noch weniger konzentrieren und statt zu arbeiten, hörte er seinem Bruder beim offensichtlichen Flirten zu.

Neid stieg in ihm auf. Warum jettete er um die Welt und halste sich mehr Arbeit auf, als gut für ihn war, während sein Bruder die hübschen Geschäftspartnerinnen bekam?

Im nächsten Moment schalt er sich für den kindischen Gedanken. Er versuchte, sich wieder auf die E-Mails zu konzentrieren, die dringend einer Antwort bedurften. Seine Finger lagen bewegungslos auf den Tasten, als nebenan die Tür geöffnet wurde.

Nick sprang auf und spähte wieder durch die Jalousie. Sein Bruder stand im Türrahmen und sah seiner Besucherin hinterher, die gegangen war.

Eigentlich wollte er es gar nicht tun, aber er betrat Seans Büro. »Wer war das?«

Erschrocken wirbelte sein jüngerer Bruder herum und fasste sich theatralisch an die Brust. »Nick! Meine Güte, hast du mich erschreckt! Seit wann bist du wieder hier?«

»Ich bin gerade erst gelandet. Wer war das?« Mit dem Kinn deutete er auf die geöffnete Tür und verschränkte die Arme. Es ärgerte ihn, dass er die Frage überhaupt zweimal stellen musste.

Sean setzte sich wieder in seinen Schreibtischstuhl. »Meghan Bailley.«

»Warum kommt mir der Name bekannt vor?«

Sein jüngerer Bruder räusperte sich verlegen. »Ihr gehört *Her Pleasure* und du hast mich damit beauftragt, sie aufzukaufen.«

Langsam nickte Nicholas und legte einen Finger vor die Lippen. »Deswegen dauern die Verhandlungen also so ungewöhnlich lange.«

Sean besaß wenigstens den Anstand, rot zu werden, und starrte auf die Tischplatte. Ohne ein weiteres Wort ging Nick zurück in sein Büro und rief die Suchmaschine in seinem Browser auf. Er tippte Meghans Namen ein und hielt unbewusst den Atem an. Viel gab es über sie nicht zu finden.

Ihre Firma war vor wenigen Jahren praktisch über Nacht aus dem Boden gewachsen und hatte große Erfolge gefeiert. Durch harte Arbeit und konsequente Führung hatte Meghan den Erfolg gehalten und war mit diversen Preisen ausgezeichnet worden. Als er sich das Exposé der Firma durchlas, wusste er auch wieder, warum er sie für sein Portfolio wollte.

Er war sich nur nicht sicher, wie ihm bei all der Recherche hatte entgehen können, dass Meghan Bailley dermaßen begehrenswert war.

Obwohl es eigentlich nichts mit ihrer Firma zu tun hatte, öffnete er die Bildersuche und lehnte sich im Schreibtischstuhl zurück.

Sie war wunderhübsch und doch hielt sie sich immer im Hintergrund auf, lächelte scheu in die Kamera. Es gab unzählige Bilder, auf denen sie offensichtlich versucht hatte, sich an den Fotografen vorbeizumogeln. Ihre Kleider waren stets stilvoll, meistens schwarz oder weiß und weder übertrieben kurz noch zu lang.

Seine Kopfhaut prickelte, Meghan Bailley war ganz klar ein Mysterium, das erforscht werden wollte. Er klickte durch ein paar Seiten und nahm zufrieden zur Kenntnis, dass es offenbar keinen Mann in ihrem Leben gab.

Wenn sie mit jemandem auf den Bildern posierte, dann war es dieser hippe, schwule Fotograf Xaver, der dermaßen angesagt war, dass er keinen Nachnamen brauchte.

Eigentlich hätte er seine Aufmerksamkeit längst wieder der Arbeit zuwenden sollen, aber er konnte nicht aufhören, durch die Fotos von Meghan zu stöbern.

Und es lohnte sich.

Einige Seiten weiter fand er, was er gesucht hatte. Eine gut gelaunte, gelöste Meghan posierte mit herausforderndem Blick für die Kamera, den Rücken zur Linse, in der Hand den *Paul*, einen bekannten Preis der Porno-Branche.

Ihre Augen glitzerten und zum ersten Mal offenbarte sich ihm, dass ihr Kleid keineswegs so züchtig war, wie sie vorgab. Es war hinten so tief ausgeschnitten, dass er fast den Ansatz ihrer Pobacken erahnen konnte. Die kleinen Grübchen darüber waren deutlich zu erkennen und regten seine Fantasie an.

Es war nicht leicht, die Vorstellung zu verdrängen, wie Meghan vor ihm kniete, ihm über die Schulter den gleichen Blick wie auf dem Bild zuwarf, während er sie hart fickte.

Nick legte die Zeigefinger auf seine Nasenwurzel und zwang sich, tief durchzuatmen. Normalerweise ließ er sich nicht so schnell aus der Ruhe bringen, aber irgendetwas an ihr machte ihn ... nervös. Das war wohl das richtige Wort.

Bevor er wusste, was seine Hände dort taten, speicherte er eine Kopie des Fotos und wollte den Browser gerade schließen, als er das nächste Bild sah. Es zeigte Meghan in einer Umarmung mit einer Freundin und Nick freute sich, als er feststellte, dass er die besagte Freundin kannte. Besser noch: Er besaß sogar ihre Handynummer.

Er zögerte nicht, sondern wählte gleich Lady Sarahs Nummer. Dass Meghan mit einer professionellen Domina befreundet war, bestätigte ihn in seiner Theorie, dass sie einfach eine verdorbene Seite haben musste.

Ungewöhnlicherweise wurde er unruhig, als das Freizeichen ertönte. Sarah meldete sich recht schnell und er musste ein Lächeln unterdrücken.

»Nicholas.« Sie seufzte hörbar. »Ich würde ja sagen, dass ich mich freue, aber man soll ja nicht lügen.«

»Mistress. Ich interessiere mich für Meghan Bailley.« Er hatte beschlossen, dass es vermutlich am sinnvollsten war, einfach mit der Wahrheit rauszurücken.

Doch bevor er noch irgendetwas sagen konnte, fuhr Sarah ihm scharf dazwischen. »Auf gar keinen Fall, Parker!«, zischte sie. »Meghan ist viel zu vanilla für dich. Du lässt die Finger von ihr oder ich breche sie dir.«

Es klickte, dann war die Verbindung unterbrochen. Verblüfft starrte Nick auf sein Handy und fragte sich, wann er das letzte Mal von einer Frau abgewiesen worden war. Es musste Jahre her sein.

Er hätte geknickt sein müssen, stattdessen breitete sich ein idiotisches Grinsen auf seinem Gesicht aus. Er war scharf auf Meghan und er würde sie bekommen. Sarahs Drohung hatte sie gerade nur noch interessanter werden lassen.

Allerdings musste er vorsichtig vorgehen, damit Lady Sarah nichts davon mitbekam. Er grübelte ein wenig, bis ihm die simpelste Lösung einfiel.

»Sean«, rief er nach seinem Bruder durch die geschlossene Tür.

Er tauchte auf, die Hände in die Hosentaschen geschoben und musterte ihn misstrauisch. »Ja?«

»Bist du in Meghan verliebt?«

»Was? Nein!«, protestierte er heftig.

»Gut. Ich übernehme die Verhandlungen.« Nick wedelte mit der Hand, um seinem Bruder zu signalisieren, dass er entlassen war.

»Wieso?« Störrisch verschränkte Sean die Arme und sah ihn an.

»Weil ich kann. Du hattest wirklich genug Zeit, den Deal unter Dach und Fach zu bringen.«

»Willst du mir jetzt erzählen, dass du scharf auf sie bist und mir deswegen einen Strich durch die Rechnung machst?«

Nick musterte seinen Bruder interessiert. »Also willst du sie doch?«

»Ins Bett bekommen? Natürlich. Aber dafür muss ich sie nicht gleich heiraten.«

Vielsagend blätterte Nick durch seinen Kalender. »Wenn du das in den letzten – ah ja – vier Monaten nicht hinbekommen hast, würde ich stark tippen, dass du es auch in den nächsten vier Monaten nicht hinbekommst. Aber meinetwegen. Ich gebe dir vier Wochen, dann übernehme ich.«

Sean war genauso berechenbar, wie er schon als kleines Kind gewesen war. Beleidigt zog er eine Schnute, weil seine Fähigkeiten angezweifelt wurden, und schüttelte trotzig den Kopf. »Nein. Wahrscheinlich hast du recht. Du kannst sie haben.«

Damit rauschte er hinaus und warf die Tür lautstark hinter sich zu. Nick lächelte zufrieden.

1

Großartig. Meghan sah an sich herunter und betrachtete den großen Fleck Champagner, der sich auf der Vorderseite ihres Kleides ausbreitete. Einige Tropfen liefen langsam an ihrem Bein herunter.

Nicholas Parker streckte den Arm aus, um sie mit einer Serviette trockenzutupfen, doch Meghan stieß seine Hand weg. Weiße Fusseln auf dem schwarzen Stoff fehlten ihr gerade noch.

Wütend funkelte sie ihn an, doch er blieb stumm und starrte sie nur aus seinen großen braunen Augen an. Sie waren unabsichtlich zusammengestoßen, aber wäre er ein echter Gentleman, hätte er sich wenigstens entschuldigen können.

Doch das war nicht Nicks Art. Ein winziges Lächeln umspielte seine Mundwinkel – die Art von Lächeln, das viele Frauen vermutlich charmant fanden. Meghan verdrehte nur die Augen und machte sich mit einem Seufzen auf den Weg zur Damentoilette, um den Fleck zu entfernen.

Dabei dachte sie darüber nach, ob es wirklich nur ein Versehen gewesen war, dass er genau in dem Moment in sie hineingelaufen war, in dem sie sich hatte umdrehen wollen.

Immerhin schien es eins seiner Hobbys zu sein, ihr Leben unnötig schwer zu machen. Der Geschäftsführer von *LuvSux* hatte in den letzten Wochen geradezu ein perverses Vergnügen daran entwickelt, mit ihr die Klingen zu kreuzen.

Meghan wollte ihre Produktionsfirma *Her Pleasure* gern mit *LuvSux* zusammenschließen und bisher waren ihre Bemühungen eigentlich recht erfolgreich gewesen. Ursprünglich hatte Nicks Geschäftspartner und Bruder Sean ihr ein Angebot gemacht und eine Weile hatten sie hin und her verhandelt, bis Nick sich eingeschaltet hatte. Seitdem schienen ihre Pläne zum Scheitern verurteilt zu sein.

Seine Forderungen waren absurd und Sean wich ihr aus, sodass sie nicht mehr mit ihm sprechen konnte, sondern immer Nick am Telefon hatte. Oder auf ihrem Kleid.

Sie stieß die Tür zur luxuriösen Toilette auf und ging direkt zum Waschbecken. So gut es ging, wusch sie den Fleck aus.

Aber sie würde wohl hier drin ausharren müssen, bis ihr Kleid getrocknet war, wenn sie nicht von allen angestarrt werden wollte.

»Hast du Nicholas Parker gesehen?« Die Frau in einer der Toilettenkabinen klang nicht unbedingt nüchtern und hickste am Ende der Frage leise.

»Klar. Den krall ich mir gleich«, tönte es aus der benachbarten Kabine.

»Hey! Ich hatte die Idee zuerst.«

Meghan verzog das Gesicht. Sie schien die einzige Frau auf dieser Party zu sein, die sich diesen Mann vom Hals halten wollte.

Eine Blondine mit hochtoupierten Haaren stolperte in diesem Moment aus einer der Kabinen und Meghan erkannte die ältere Schwester der Braut. Sie hatte die 50 weit hinter sich gelassen und da Nick eher in ihrem eigenen Alter sein musste, also Anfang 30, bezweifelte Meghan stark, dass er ihre Avancen erwidern würde. Aber es würde sicherlich unterhaltsam werden, ihn zu beobachten, während er vor den aufdringlichen Cougars flüchtete.

Noch lustiger wäre es allerdings, wenn ihre Freunde da wären, um das Schauspiel mit ihr gemeinsam zu genießen.

Aber sie hatten beide gekniffen. Xaver hatte der Braut Sophie bei der Planung des rauschenden Festes geholfen, doch vor einigen Tagen hatten sie sich dermaßen über das Blumenarrangement gestritten, dass er sich geweigert hatte, zu der Hochzeit zu kommen.

Und Sarah ... Meghan verzog das Gesicht. Das Turteltäubchen hatte sich ohnehin schon immer vor allen gesellschaftlichen Anlässen gedrückt, seit sie aber ihren strengen Sam Price als Vorwand vorschieben konnte, kam sie nirgendwo mehr hin.

Ihr konnte Sarah nichts vormachen: Sam las seiner Geliebten jeden Wunsch von den Augen ab – als ob er ihr verboten hatte, zu der Hochzeit zu kommen! Jeder hatte Ausreden gehabt, um nicht nach Epsom zu kommen, nur Meghan hatte die lange Fahrt auf sich genommen. Dabei hatte sie sicherlich am wenigsten Lust auf die Feier.

Nicht nur, dass sie es hasste, ihren Singlestatus unter die Nase gerieben zu bekommen, sie war müde und ausgelaugt.

Seit Jahren ackerte sie unermüdlich und hatte eine preisgekrönte Produktionsfirma aus dem Nichts geschaffen. Langsam wollte sie sich ausnahmsweise einmal auf ihren Lorbeeren ausruhen. Deswegen suchte sie Anschluss an eine große Firma wie *LuvSux* – sie wollte endlich in den Urlaub und wenigstens für ein paar Wochen anderen die Entscheidungen überlassen.

Inzwischen hatte sie eine regelrechte Allergie gegen ihren Namen. Die ganze Woche über hieß es »Meghan, kannst du mal ...«, »Meghan, weißt du, ob ...« und »Meghan, sag mal ...« – sie war es leid.

Genervt stützte sie den Kopf in die Hände und suchte die Motivation, den Toilettenraum wieder zu verlassen. Inzwischen war so gut wie jeder betrunken, weil die meisten die Nacht in dem Hotel verbringen würden, in dem die Feier stattfand.

Vielleicht würde sie einfach bis zu einem angemessenen Zeitpunkt hier stehen bleiben, sich vom Brautpaar verabschieden und verschwinden.

Ihr Plan wurde zunichtegemacht, als einige Frauen hereinkamen und den Raum mit ihrem schrillen Gekreische erfüllten.

Meghan flüchtete sich wieder in den großen Ballsaal und suchte sich ein ruhiges Plätzchen am Rand des Geschehens. Sie hatte weder Lust zu tanzen, noch wollte sie sich ein weiteres Glas Champagner holen.

»Meghan! Huhu!«, kreischte Tina, eine lose Bekannte, und Meghan zwang sich ein höfliches Lächeln auf die Lippen. Tina hatte zwei Freundinnen im Schlepptau, die sie als Alice und Jessie vorstellte, wobei Meghan sich nicht sicher war, welche von ihnen nun wer war. Leider kam sie nicht mehr dazu, Tina zu fragen, denn diese verschwand sofort wieder zwischen den anderen Partygästen.

»Du kennst doch Nicholas Parker, oder?«

Das übertriebene Kichern schmerzte in ihren Ohren und Meghan schickte ein Stoßgebet zum Himmel. »Flüchtig.«

»Kannst du uns vorstellen?«, fragte Alice oder Jessica und wickelte dabei eine Strähne ihres dichten tizianfarbenen Haars um den Finger.

»Wozu?« Meghan runzelte die Stirn. Waren sie nicht alle erwachsen genug, um Männer selbst anzusprechen?

Alice oder Jessica beugte sich nah zu Meghan und hauchte mit Alkohol geschwängertem Atem: »Er soll fantastisch im Bett sein und wir dachten, wenn wir ihn zu einem Dreier einladen, stechen wir die Konkurrenz aus.«

Das waren mehr Details, als Meghan eigentlich hatte hören wollen. Als sie sich bewegte, um ihr Gewicht auf den anderen Fuß zu verlagern, löste das noch immer feuchte Kleid sich von ihrer Haut. Diese Schuhe brachten sie noch um.

Jessica, möglicherweise aber auch Alice, starrte sie bittend aus großen Augen an. Mit einem Mal überkam Meghan das unbestimmte Verlangen, Nicholas seinen Auftritt zu vermiesen – immerhin stand sie wegen ihm in einem feuchten Kleid im Dunkeln, damit niemand sie sah.

»Also, mir hat eine Freundin erzählt, dass er gar nicht so toll im Bett ist.«

Meghan blickte geradewegs in zwei offene Münder, weil die Frauen es gar nicht glauben wollten.

»Aber er soll doch unglaublich gut sein«, wisperte eine von ihnen.

»Wenn man auf schnelle Nummern und Typen steht, die nicht wissen, wo die Klitoris zu finden ist, dann bestimmt.« Sie kämpfte das schlechte Gewissen hinunter, denn ihre Bekannte hatte so ziemlich das genaue Gegenteil erzählt, und lächelte mitfühlend. *Überwältigend* war das Wort, das Cleo benutzt hatte, um Nicholas Parkers Fähigkeiten zu beschreiben. »Am besten ihr seht euch anderweitig um, wenn ihr auf eure Kosten kommen wollt.«

Enttäuscht zogen die Damen unverrichteter Dinge wieder ab und Meghan beschloss, dass es an der Zeit war, nach Hause zu fahren.

Sie bahnte sich einen Weg durch die Menge, konnte das Brautpaar aber beim besten Willen nirgendwo entdecken. An der Bar bestellte sie sich ein Glas Wasser und sah sich weiter um, während sie darauf wartete. Eigentlich hätte Sophie in ihrem weißen Kleid leicht zu sehen sein müssen, aber Meghan konnte sie nicht finden.

Dafür bemerkte sie, dass Nick geradewegs auf sie zukam. Obwohl sie ihr Wasser noch nicht bekommen hatte, trat sie die Flucht an, bevor das nächste Getränk auf ihrem Kleid landete.

An der Garderobe gab sie ihren Chip ab und nahm den leichten Sommermantel in Empfang. Hoffentlich würde sie einen Taxifahrer finden, der bereit war, sie zurück in die Stadt zu bringen. Sie konnte es praktisch kaum erwarten, mehr als eine Stunde mit einem Fremden Small Talk machen zu müssen.

Sie trat nach draußen und atmete die frische Nachtluft ein. Schon viel früher hätte sie fahren sollen, dann könnte sie bereits in ihrem weichen Bett liegen.

Der Kies knirschte unter ihren dünnen Schuhsohlen und der Lärm hinter ihr wurde immer leiser.

Als eine Hand ihren Arm packte, erschrak sie sich und strauchelte. Sie fuhr herum und stolperte gegen einen Mann – einen großen, muskulösen Mann, an dem sich nicht ein einziges Gramm Fett zu befinden schien. Sie hob ihren Blick und starrte in Nicks braune Augen.

»Ich kann mich gar nicht erinnern, dich je gevögelt zu haben, Meghan.«

Sie wollte sich losmachen, doch er hielt ihren Arm umklammert. »Wie bitte?«

»Außerdem bin ich mir ziemlich sicher, dass ich weiß, wo die Klit sich befindet.«

Eine heiße Röte kroch in ihre Wangen. Er musste gehört haben, was sie den Frauen erzählt hatte. Um ihre Würde zu wahren, murmelte sie nur: »Das ist nicht, was ich gehört habe.«

Finster blickte er auf sie hinunter. »Mich würde eher interessieren, von wem du das angeblich gehört hast.«

»Lass mich los.«

Er dachte scheinbar gar nicht dran, stattdessen wurde sein Griff fester. »Du wolltest gerade gehen?«

Weil sie nicht mehr wusste, was sie noch sagen sollte, nickte sie nur. In solchen Situationen wünschte sie sich immer, mehr wie ihre beste Freundin Sarah zu sein. Die professionelle Domina ließ sich von niemandem einschüchtern und hätte Nick sicherlich längst geohrfeigt, statt wie ein Esel zu nicken.

»Wie praktisch. Du fährst mit mir.«

»Was? Nein!«

»Meghan, das war keine Frage.«

Ungeachtet ihres Protests zog er sie einfach mit sich, weg von der Straße, weg vom Hotel, auf den abgelegenen Parkplatz zu.

Sie wusste nicht so recht, was sie davon halten sollte – andererseits musste sie ohnehin zurück in die Stadt. »Ich glaube nicht, dass mir das gefällt.«

Er blieb dermaßen abrupt stehen, dass sie in ihn hineinlief. Sie stützte sich mit den Händen an seiner Brust ab und bemerkte die festen Muskeln. Der Stoff seines Hemdes fühlte sich teuer und edel an, war aber so dünn, dass sie den Eindruck hatte, seine nackte Haut zu berühren. Erschrocken trat sie einen Schritt zurück. Sofort erhöhte sich der Druck auf ihr Handgelenk.

Seine Augen blitzen, als er sie vergnügt angrinste. »Eigentlich habe ich ein ganz gutes Gefühl dafür, was Frauen gefällt.«

Nicholas legte seine Hand um ihre Wange und beugte sich langsam vor. Meghans Herzschlag geriet aus dem Takt. Sie wollte schlucken, doch ihre Kehle war wie zugeschnürt.

Stattdessen leckte sie sich nervös über die Lippen. Er wollte sie küssen und sie verspürte nicht einmal das Bedürfnis, sich zu wehren.

Im Gegenteil: Die Vorstellung, sich endlich einmal hinzugeben, gefiel ihr ausnehmend gut. Das lag sicherlich nur an ihrer Müdigkeit. Sie war der Entscheidungen überdrüssig geworden.

Bald würde sie seinen Mund auf ihrem spüren. Ihr Puls stieg höher und höher. In freudiger Erwartung schloss sie die Augen.

Doch der Kuss kam nicht. Stattdessen lachte Nick leise und zerrte sie weiter. »So leicht kommst du mir nicht davon.«

Erschrocken stolperte sie hinter ihm her und fragte sich, was er von ihr wollte. Vor einem silbernen Porsche blieb er stehen und hielt ihr die Beifahrertür auf, nachdem er sie mit der Fernbedienung entriegelt hatte. Endlich ließ er sie los und vor Erleichterung darüber glitt Meghan auf den Sitz, obwohl sie sich immer noch nicht sicher war, ob sie eigentlich mit ihm fahren wollte.

Zu ihrer Überraschung schwieg er eine ganze Weile und wirkte nicht, als würde er überhaupt mit ihr sprechen wollen. Sie ärgerte sich noch immer, dass sie dermaßen gefügig reagiert hatte, als er den Kuss angedeutet hatte. Dabei hätte sie wirklich gern gewusst, wie er wohl küsste.

Verstohlen warf sie ihm einen Blick von der Seite zu. Seine dunklen Haare waren nach hinten gestylt und einen Hauch zu lang, sodass sie den Kragen seines Hemds berührten. Seine Wangen waren mit einem sexy Bartschatten bedeckt und sie würde nur zu gern an seiner vollen Unterlippe knabbern. Dass er in dem maßgeschneiderten Anzug umwerfend aussah, weil er die breiten Schultern und die schmale Taille betonte, half nicht gerade dabei, ihre Neugier zu lindern. Ihr Handgelenk prickelte an der Stelle, wo er sie angefasst hatte, und sie glaubte, noch immer den Druck seiner Finger auf ihrer Wange zu spüren. Wie es wohl wäre, wenn er sie mit dem gleichen Nachdruck, den er gerade verwendet hatte, um sie ins Auto zu verfrachten, auf ein Bett drücken und ihre Beine spreizen würde?

»Worüber denkst du nach?« Seine dunkle Stimme zerschnitt die Stille.

Verlegen wandte Meghan das Gesicht zur Seite und starrte aus dem Fenster. Sie presste ihre Schenkel zusammen, um das Pochen ihrer Klitoris zu lindern. Hoffentlich bemerkte er das nicht.

»An nichts.«

Sein leises Lachen neckte sie. »Ich höre es hinter deiner hübschen Stirn bis hierhin arbeiten.«

Der Motor des Porsches brummte auf, als Nicholas beschleunigte, weil sie die Autobahn erreicht hatten. Offenbar benötigte er kein Navigationssystem, um nach London zurückzufinden. Meghan hatte nicht den geringsten Anhaltspunkt, wie lange sie noch mit ihm auf diesem engen Raum eingesperrt war.

Mit einem Seufzen strich sie ihr Kleid glatt. »Vermutlich hätte ich nicht weitererzählen sollen, was ich gehört habe. Es tut mir leid.«

Zuerst sagte er nichts, ihr Herzschlag beschleunigte sich noch weiter und inzwischen fühlte Meghan sich, als würde die Luft immer dünner werden.

»Das klingt wirklich glaubwürdig. Was sagtest du noch gleich, wer dir dieses Gerücht über meine Liebhaberqualitäten serviert hat?«

Meghan rollte mit den Augen und hoffte, dass er es in der Dunkelheit nicht sah. Sie hatte natürlich gar nichts dazu gesagt und würde bestimmt nicht auf seinen billigen Trick hereinfallen. »Das muss ich wohl vergessen haben.«

»Vermutlich, weil es nie passiert ist. Also wirklich, Baby, ich bin mir zwar sicher, dass du von mir gehört hast, aber sicherlich war nichts davon negativ.«

Sie schluckte schwer. Unter anderem weil er leider recht hatte. Doch die Anrede störte sie. Was bildete er sich ein, sie nach so kurzer Zeit als »Baby« zu bezeichnen? Und warum löste das ein warmes Gefühl in ihrer Magengegend aus? Sie musste ihn dringend in die Schranken weisen.

»Ich habe tatsächlich schon von dir gehört. Deswegen kannst du dir deinen Charme gleich sparen. Wir sind nicht kompatibel.«

Er drehte kurz den Kopf und das Funkeln in seinen braunen Augen beunruhigte sie zutiefst. »Ist das so? Wir sind nicht kompatibel? Erzähl mir mehr.«

Abwehrend verschränkte sie die Arme. »Ich bin zu vanilla.«

»Ah, ich nehme an, das hast du von Lady Sarah gelernt.«

Schnippisch rümpfte Meghan die Nase. »Ja, außerdem habe ich von ihr gelernt, mich von Typen wie dir fernzuhalten.«

»Was habe ich denn gemacht? Abgesehen davon habe ich gerade nicht in freudiger Erwartung den Kopf schräggelegt und auf einen Kuss gewartet.«

»Das hast du dir eingebildet.« Damit hüllte Meghan sich in demonstratives Schweigen.

***

Die Sekunden tropften träge dahin, bis sie sich endlich ihrem Ziel näherten. Als sie in die Straße einbogen, in der Meghan wohnte, hätte sie sich am liebsten abgeschnallt und sich aus dem fahrenden Auto geworfen, um eine peinliche Abschiedsszene zu vermeiden. Stattdessen kam ihr eine ganz andere Frage in den Sinn.

»Woher weißt du, wo ich wohne?«

Seine weißen Zähne strahlten selbst im fahlen Licht der Straßenlaternen. »Ich bin halt informiert.«

Ihr kroch ein Schauer den Rücken hinunter, bis sie sich selbst damit beruhigte, dass er sie sicher im Zuge seiner geschäftlichen Interessen hatte überprüfen lassen. Zumindest hoffte sie, dass das seine Motivation gewesen war.

Als er am Bordstein hielt, löste sie hastig den Anschnallgurt und wollte die Tür öffnen. Doch es ging nicht. Sie wandte sich mit gerunzelter Stirn zu ihm, während er seelenruhig den Wagen parkte und den Motor abstellte.

»Ich war so frei, die Kindersicherung zu betätigen, weil ich mir schon gedacht habe, dass du dazu neigen könntest, vorschnell die Flucht ergreifen zu wollen.«

Sie unterdrückte den Fluch, der ihr auf den Lippen lag, und wartete gezwungenermaßen, bis er das Auto umrundet hatte und ihr wie ein vollendeter Gentleman die Tür aufhielt.

»Danke für die Fahrt.« Meghan drehte sich auf dem Absatz um.

»Einen Moment noch.« Seine Stimme hielt sie zurück und obwohl sie sich dafür hasste, blieb sie stehen. Er hatte sie immerhin sicher nach Hause gebracht, nachdem sie über ihn getratscht hatte. Da gebot es ihre Höflichkeit, seinem Wunsch zu entsprechen. Zumindest redete sie sich das ein.

Nach einer Weile rieb sie sich über die Oberarme, inzwischen war ihr irgendwie trotz des Mantels kalt. Wie lange wollte Nick noch mit ihr hier herumstehen und warum ging sie nicht einfach?

»Was soll ich tun?« Die Frustration war deutlich aus ihrer Stimme herauszuhören und als sie Nicks Grinsen sah, wusste sie, dass er nur auf diese Frage gewartet hatte.

»Um dich freizukaufen?« Er schaffte es wirklich, absolut alles unanständig klingen zu lassen, und kam dabei langsam näher.

»Das finde ich zwar übertrieben, aber wenn du so willst, ja. Was muss ich tun, damit du meine Entschuldigung akzeptierst?«

»Deine halbherzige Entschuldigung«, verbesserte er sie und trat noch dichter auf sie zu, was praktisch unmöglich war, denn sie hatten sich vorher schon fast berührt.

Jetzt musste Meghan aufpassen, nicht zu tief einzuatmen, damit ihre Brüste nicht über seinen Oberkörper rieben.

Als er seine Hand um ihre Wange legte, kribbelte ihre gesamte Kopfhaut und sie riss die Augen auf.

Er beugte sich vor und sie spürte seinen warmen Atem. »Nur einen Kuss«, murmelte er sanft, als wäre sie ein Reh, das er beschwichtigen musste, damit es nicht davonlief. So schlecht war dieses Bild gar nicht, denn alle Instinkte drängten Meghan zur Flucht, ihr Herz hämmerte von innen gegen die Rippen und ihre Kehle war eng.

Bevor sie protestieren konnte, küsste er sie. Überrascht öffnete sie ihren Mund und erlaubte seiner Zunge, hineinzuschlüpfen. Irgendwie hatte sie nicht damit gerechnet, dass seine Lippen so verdammt weich sein würden. Seine andere Hand legte sich auf ihren Rücken, direkt auf das Kleid. Einfach so hatte er sich unter ihren Mantel gemogelt.

Sie wusste, dass sie es nicht tun sollte, aber sie schlang die Arme um seinen Nacken und erwiderte den Kuss. Viel zu lange hatte sie sich gewünscht, auf diese Weise geküsst zu werden. Er zog sie eng an seinen Körper und machte sie atemlos, lenkte sie davon ab, dass der Boden unter ihren Füßen zu beben schien.

Endlich ließ er sie los und im gleichen Moment bedauerte Meghan, dass es bereits schon wieder vorbei war. Verlegen räusperte sie sich und strich die Haare hinters Ohr.

Jede Stelle, die er berührt hatte, schien in Flammen zu stehen, und eine merkwürdige Kurzatmigkeit hatte von ihr Besitz ergriffen.

»Gut, ich geh dann mal rein. Danke für die Mitfahrgelegenheit.«

Nick starrte sie an und sein intensiver Blick machte sie noch unruhiger, als sie ohnehin schon war. Die Hände hatte er lässig in die Hosentaschen geschoben und seine linke Fußspitze tippte in einem schnellen Rhythmus auf den Boden.

»Du solltest mit mir schlafen.«

Meghan blinzelte und wich zurück, obwohl er keine Anstalten machte, sie gegen ihren Willen anzufassen. »Du hast gesagt, du lässt mich gehen, wenn ich dich küsse.«

»Es wird dich schockieren, aber ich lüge zu meinem Vorteil. Außerdem bin ich auf den Geschmack gekommen.« Sein anzüglicher Tonfall ließ keinen Zweifel daran, wie er das meinte.

»Und jetzt?«, fragte sie, obwohl sie die Antwort gar nicht hören wollte.

»Wirst du für ein Wochenende meine Geliebte.« Er verkündete diese Unverschämtheit voller Selbstbewusstsein.

Meghan verschränkte die Arme. Ihr Herz schlug wie wild und sie hatte Angst, dass ihre Stimme zittern könnte. »Ich bin dir zu vanilla«, wiederholte sie ihr schwaches Gegenargument.

Er sah sie für einen kurzen Moment an, seine Augen glitzerten gefährlich. »Du lernst sicher schnell.«

Sie presste die Lippen aufeinander. Das konnte er wohl kaum ernst meinen – und trotzdem prickelte ihr Schoß bei seinen Worten.

Doch Nick sprach einfach weiter: »Dir sollte klar sein, dass ich dir dieses Angebot nur einmal mache. Wenn du es ablehnst, habe ich meine Methoden, dich gefügig zu machen – und wenn du zu mir kommst, weil du letztlich nachgibst, werden die Konditionen um einiges härter sein.«

»Träum weiter!«, stieß sie erbost hervor.

»Meghan, es gibt Dinge, die ich nicht auf mir sitzen lasse. Dazu gehört die Unterstellung, eine Frau würde in meinem Bett nicht auf ihre Kosten kommen.«

»Ich habe mich entschuldigt. Gute Nacht, Nicholas. Danke für die Fahrt.« Ohne ihn eines weiteren Blickes zu würdigen, stieg Meghan die fünf Stufen zu dem Appartementkomplex hinauf, in dem sie wohnte.

2

Drinnen lehnte Meghan sich mit klopfendem Herzen gegen die Wohnungstür. Sie war nicht allein im Aufzug gewesen und hatte sich daher noch zusammenreißen müssen.

In Wahrheit zitterten ihre Knie und sie schalt sich, Nicks Angebot nicht einfach angenommen zu haben. Andererseits war das sicherlich ein paar Nummern zu groß für sie.

Nach einer gefühlten Ewigkeit richtete sie sich auf, stieg aus den High Heels und seufzte wohlig, als ihre bloßen Fußsohlen die kühlen Fliesen berührten. Sie hängte den Mantel an den Haken und zog den Reißverschluss an ihrem Kleid auf, dabei textete sie Sarah.

Bist du wach?

Im Schlafzimmer zog sie sich nackt aus und streifte den seidigen Kimono über, den sie zu Hause in der Regel trug. Der zarte Stoff liebkoste ihre Haut und erinnerte sie prompt an Nicks Berührungen. Doch bevor sie in erotischen Träumen versinken konnte, klingelte ihr Handy.

»Hi. Danke, dass du anrufst.«

Ihre beste Freundin Sarah lachte. »Kein Problem. Du hast mich neugierig gemacht.«

Meghan ging mit dem Telefon am Ohr zum Kühlschrank und öffnete die Tür. Schnell fand sie den offenen Weißwein und zog den Korken aus der Flasche, bevor sie sich ein sehr, sehr großzügiges Glas einschenkte. Das hatte sie sich verdient.

»Ich kann und will dir keine Details sagen. Aber ich habe möglicherweise einen Mann verärgert und jetzt will er ...« Sie seufzte, weil sie nicht einmal wusste, was genau Nicholas Parker von ihr wollte.

Er konnte kaum erwarten, dass sie mit ihm schlief, und anschließend überall herumerzählte, was für ein toller Hecht er war.

»Rache?«, schlug Sarah vor und witzelte im gleichen Moment: »Ist es sonst nicht meine Aufgabe, Männer zur Weißglut zu treiben?«

Der kalte Weißwein rann ihre Kehle hinab und beruhigte sie. »Vielleicht habe ich gesagt, dass er schlecht im Bett ist.«

»Oh, angeknackstes Ego. Gar nicht gut, kleine Meghan, gar nicht gut.«

»Was mache ich denn jetzt?«

Sarah schwieg und seufzte schließlich tief. »Da du mir nicht sagen willst, wer es ist, kenne ich ihn vermutlich. Also ist wahrscheinlich besser, wenn ich es gar nicht weiß. Idealerweise lässt du Gras über die Sache wachsen und gehst ihm aus dem Weg. So würde ich es zumindest handhaben.«

Meghan dachte an ihren Termin am Montagmorgen um 10 Uhr mit *LuvSux*. »Ich werde es versuchen.«

»Und du sagst mir wirklich nicht, um wen es geht?«

Bestürzt stellte sie fest, dass das Weißweinglas fast schon leer war. »Nein, lieber nicht. Liebst du mich auch noch, wenn ich von der Gesellschaft geächtet werde?«

»Dann erst recht, Süße!«, verkündete Sarah inbrünstig. »Schlaf gut. So schlimm wird's schon nicht sein.«

Das Handydisplay erlosch und Meghan stand in ihrer stockfinsteren Küche. Vermutlich war es an der Zeit, schlafen zu gehen und nicht mehr über Nick nachzudenken.

Leichter gesagt als getan.

***

Müde tastete Meghan nach dem Hörer, damit das lästige Klingeln endlich aufhörte.

»Hey«, zwitscherte Sarah aufgeregt in ihr Ohr. »Wusstest du, dass Sam jeden Tag die Zeitung liest? Und er liest sie sehr ordentlich von vorne bis hinten.«

Meghan rieb sich über die Augen und blinzelte zu ihrem Nachttisch. »Nein, das wusste ich nicht. Aber es ist schön, dass du mich praktisch mitten in der Nacht anrufst, um mich darüber zu informieren.«

»Er liest wirklich alles – auch den Gesellschaftsteil.«

»Aha. Sarah, ich habe dich lieb, aber es ist halb zehn an einem Sonntag.«

Unbeirrt fuhr ihre beste Freundin fort: »Als du gestern Abend von dem mysteriösen Mann gesprochen hast, meintest du nicht zufällig Nicholas Parker?«

Mit einem Mal war Meghan hellwach. »Woher weißt du das?«

»Ach, die doppelseitige Verlobungsanzeige in der Zeitung war ein netter Hinweis.«

»Was?«

Doch Sarah lachte nur und legte auf.

Warum war sie auch mit einer Sadistin befreundet? Meghan wischte sich über das Gesicht und versuchte, ihre Gedanken zu kontrollieren, die außer Rand und Band geraten waren. Nichts von dem, was Sarah gesagt hatte, machte auch nur im Ansatz Sinn. Sie spielte mit dem Gedanken, sich einfach wieder hinzulegen, aber sie ahnte schon, dass sie keinen Schlaf mehr finden würde. Außerdem hallte das Wort »Verlobungsanzeige« laut in ihren Ohren nach.

Mit einem genervten Knurren schlug sie ihre Bettdecke zurück und schob ihren Fuß über die Bettkante. Vor dem Haus auf der anderen Straßenseite gab es einen kleinen Zeitungskiosk, der praktischerweise auch Schokolade verkaufte. Es sah ganz so aus, als würde sie ihm einen Besuch abstatten müssen. Mit hängenden Schultern schleppte Meghan sich zum Kleiderschrank und suchte ein angemessenes Outfit heraus. Sie brauchte definitiv etwas mit einer Kapuze, um ihren Kopf zu bedecken, denn sie war auf keinen Fall in der Lage, sich um diese Uhrzeit die Haare zu kämmen.

Was zum Teufel hatte Sarah mit ihrer kryptischen Botschaft gemeint? Seufzend stieg Meghan in eine schwarze Yogahose und zog einen alten, viel zu großen Pullover drüber, den einer ihrer Ex-Freunde zurückgelassen hatte.

Mit einem 10-Pfund-Schein bewaffnet machte sie sich auf den Weg zum Kiosk und kaufte sicherheitshalber zwei Schokoriegel zusätzlich zur Sonntagszeitung, um ihre Nerven zu stärken. Auf der Straße musste sie einem hupenden Wagen ausweichen, den sie einfach übersehen hatte. Der Fahrer wedelte mit der Faust aus dem Fenster und Meghan verzog das Gesicht. Sie hatte noch keinen Kaffee gehabt. In diesem Leben würde sie keine Frühaufsteherin mehr werden.

Erst als sie am Küchentisch saß und die Zeitung aufklappte, bemerkte sie ihre zittrigen Hände. Hoffentlich hatte Sarah ihr nur einen Streich spielen wollen. Der Geruch der Druckertinte stieg in ihre Nase und schlug ihr auf den Magen. Die Seiten blieben an ihrem Daumen haften und je weiter sie blätterte, desto mehr verkrampften sich ihre Eingeweide. Sie versuchte, sich zu beruhigen, und atmete noch einmal durch.

Doch dann sah sie, was Sarah gemeint hatte.

Erschrocken schrie sie auf. Das konnte nicht wahr sein! Das war nicht möglich. Ihre Kehle schnürte sich zusammen und obwohl sie schluckte, schien es nichts zu bringen. Ein bitterer Geschmack lag auf ihrer Zunge! Was bildete dieser aufgeblasene Einfaltspinsel sich eigentlich ein!

Vor ihr lag eine geschmacklose, durch und durch kitschige Verlobungsanzeige samt eines manipulierten Bildes, das Nicholas und Meghan in einer verliebten Umarmung zeigte. Sie presste die Handflächen auf den Tisch und atmete durch die Nase ein und den Mund aus, um sich zu beruhigen. Laut des Textes waren die beiden schon eine Ewigkeit heimlich ein Paar, doch erst jetzt, ganz kurz vor der Hochzeit, hatten sie sich entschlossen, ihre Beziehung publik zu machen. Meghan massierte ihre Nasenwurzel, als sie bemerkte, dass die Hochzeit bereits in drei Wochen stattfinden sollte – und zwar auf den Tag genau.

Nick besaß eindeutig zu viel Geld und Zeit, wenn er die kleine Kränkung seines Egos auf diese Weise verarbeitete.

Wie hatte er das überhaupt organisiert? Ihre Verabschiedung war doch gerade einmal wenige Stunden her, zu dem Zeitpunkt war die Zeitung doch sicherlich schon gedruckt gewesen. Oder etwa nicht?

Prompt breitete sich ein Pochen hinter ihren Schläfen aus und Meghan riss den ersten Schokoriegel auf. Was sollte sie jetzt tun?

Bevor sie auch nur im Ansatz eine Entscheidung treffen konnte, schrillte ihr Telefon los und gab Xavers besonderen Klingelton von sich. Sie wappnete sich für das Gespräch, weil sie davon ausging, dass er nicht anrief, um ihr zu gratulieren.

Sie hatte recht. Er keifte stattdessen fünf Minuten aufgebracht über Meghans Betrug und Geheimniskrämerei, bis sie überhaupt zu Wort kam und ihm eine Erklärung versprach.

Allerdings gab er sich nur damit nicht zufrieden und forderte ein Treffen, denn er wollte jedes saftige Detail von ihr selbst hören und ihr dabei ins Gesicht sehen können, um zu wissen, ob sie log oder nicht. Es interessierte ihn nicht sonderlich, dass Meghan ihre Unschuld beteuerte.

Mit einem ergebenen Seufzen wählte sie danach Sarahs Nummer. Als ihre beste Freundin sich meldete, hätte sie am liebsten gleich wieder aufgelegt.

»Na, mein Turteltäubchen? Brauchst du Hilfe beim Aussuchen des Kleides?«

»Sarah, jetzt fang du nicht auch noch an! Ich habe gerade schon eine Viertelstunde gebraucht, um Xaver zu beruhigen. Bitte sag mir, dass du weißt, auf wessen Mist diese Idee gewachsen ist.«

Sarahs melodisches Lachen dröhnte aus dem Hörer. »Vielleicht. Aber ehrlich gesagt glaube ich dir nur, weil du gestern Abend schon angerufen hast. Was gedenkst du zu tun?«

Meghan rieb sich über die Augen. »Du genießt das so richtig, nicht wahr?«

»Oh ja. Ich wünschte, ich könnte dich gerade sehen. Hast du wenigstens zusammengehörige Socken an? Oder bist du nach meinem Anruf gleich aus dem Haus gestürzt?«

Schuldbewusst blickte sie nach unten und wackelte mit den Zehen. Ihre Freundin kannte sie viel zu gut. »Ich habe gar keine Socken an, meine Füße stecken nackt in einem Paar Ugg-Boots.«

»Das ist mein Mädchen.«

»Ich bitte hiermit förmlich um eine Krisensitzung. Wann hast du Zeit?«

»Mein schlauer Kalender sagt, dass ich um 17 Uhr mit der Popo-Haue fertig bin.«

Die Gewissheit, dass wenigstens manche Sachen sich nie ändern würden, ließ Meghan grinsen. »Gut, dann um 17:30 Uhr in der *Safari-Bar*?«

»Ist notiert. Bis später. Ach ja, Süße, wenn ich dir einen Tipp geben dürfte: An deiner Stelle würde ich heute nicht mehr ans Telefon gehen. Wenn die Sache sich herumgesprochen hat – und das wird schnell passieren –, wird die Hölle losbrechen. Selbst ich muss zugeben, dass ihr beide ein Traumpaar abgebt. Bis später!«

Sarah legte auf und Meghan starrte verblüfft auf das Telefon in ihrer Hand. Was sollte das denn nun wieder heißen?

***

Auf dem Weg in die *Safari-Bar* hoffte Meghan, dass ihre Freunde nicht versuchten, sie zu erreichen, denn sie hatte ihr Handy bereits vor Stunden ausgeschaltet. Sarahs Prophezeiung hatte sich bewahrheitet und nach Freunden und Bekannten hatten sogar Klatschblätter angefangen, sie im Minutentakt anzurufen.

Die Anzahl der E-Mails in ihrem Postfach hatte schon am frühen Nachmittag den vierstelligen Bereich geknackt und seitdem hatte Meghan sich nicht mehr getraut, einen weiteren Blick zu riskieren. Auf eine gewisse Art und Weise war ihr bewusst gewesen, dass sie im Mittelpunkt des öffentlichen Interesses stand, aber es hatte scheinbar eine solche Neuigkeit gebraucht, um ihr zu verdeutlichen, wie weit diese Wissensgier in Bezug auf ihre Person ging.

Am meisten ärgerte es sie, dass sie keine Möglichkeit hatte, Nicholas Parker zu erreichen und zur Rede zu stellen. Bisher hatten nur ihre jeweiligen Assistenten miteinander gesprochen, um Termine zu vereinbaren.

Jedes Mal, wenn sie an den unverschämten Kerl dachte, flatterte ihr Magen und ihre Lippen fühlten sich wieder an, als hätte er sie gerade erst geküsst.

Sie war froh, dass er nichts von seiner Wirkung auf sie wusste.

Als sie die Bar betrat, warteten Xaver und Sarah schon auf sie. Xavers Gesicht war verkniffen, offenbar war er immer noch sauer. Sarah lächelte mild amüsiert und winkte Meghan heran. Sie hatte absichtlich dieses wenig frequentierte Etablissement gewählt, um nicht irgendwelchen Bekannten über den Weg zu laufen. Die *Safari-Bar* war weder schick noch hipp und auch sonst nicht teuer genug, um von der High Society zur Kenntnis genommen zu werden.

Sie begrüßte ihre Freunde mit dem obligatorischen Kuss auf die Wange, bevor sie sich setzte und mit einem gequälten Stöhnen ihre Clutch auf den Tisch legte.

Xaver wartete nicht einmal zwei Sekunden, bevor er sich zu ihr beugte und raunte: »Wir haben dir schon einen Cosmopolitan bestellt, also schieß los und lass keine Details aus.«

Meghan leckte nervös über ihre Unterlippe. Sie hatte zu Hause bereits durchgespielt, was sie sagen würde, damit sie glaubwürdig klang.

Xaver schluckte ohnehin alles, was man ihm servierte. Nur Sarah besaß ein ausgeprägtes Radar dafür, ob jemand log.

Meghan hatte nicht vor, ihren Freunden die reine Wahrheit zu servieren. Dass sie Nick geküsst hatte oder, um genauer zu sein, sich von ihm hatte küssen lassen, spielte keine Rolle.

»Gestern Abend auf Sophies Hochzeit, die übrigens sehr schön war – nicht, dass einer von euch gefragt hätte –, bin ich mit Nicholas aneinandergeraten. Ich hatte ohnehin schon schlechte Laune, weil er sich bei den Verhandlungen der Fusion so querstellt und dann hat er mir auch noch Champagner übers Kleid geschüttet. Da bin ich mir übrigens sicher, dass er es absichtlich gemacht hat. Jedenfalls hat mich danach eine Gruppe Frauen belauert und ich habe möglicherweise fallen lassen, dass er schlecht im Bett ist.«

Sie rollte mit den Augen, als Xaver sich daraufhin theatralisch an die Brust fasste und nach Luft schnappte. »Nein!«

»Doch«, fauchte Meghan. »Kurz darauf wollte ich die Party verlassen und bin auf dem Parkplatz mit Nick zusammengestoßen. Er hat mich mit in die Stadt genommen und dabei hat sich herausgestellt, dass er gehört hat, was ich über ihn gesagt habe. Er hat meine Entschuldigung nicht annehmen wollen und heute Morgen war die Anzeige in der Zeitung.«

Der Kellner kam mit dem Tablett und brachte einen Whiskey für Sarah, einen bunten Cocktail für Xaver und den Cosmopolitan für Meghan. Dankbar griff sie nach dem Glas und setzte es an ihre Lippen. Leider verschluckte sie sich und brachte ihre hübsche Tarnung zum Einsturz, als Sarah unvermittelt fragte: »Ich glaube, du hast die Stelle ausgelassen, wo Nicholas Parker dich geküsst hat.«

Der Alkohol brannte scharf in ihrer Luftröhre und sie kämpfte gegen die Tränen an, während sie lautstark hustete. Xaver klopfte ihr mitleidig auf den Rücken, während Sarah nur die Augenbraue hochzog. Ihr spöttischer Gesichtsausdruck zeigte Meghan, dass ihre beste Freundin natürlich nicht auf die Geschichte hereingefallen war.

Nachdem sie wieder halbwegs atmen konnte, trank sie einen weiteren Schluck, um ihre flatternden Nerven zu beruhigen. »Wie kommst du darauf, dass er mich geküsst hat?«

Sarah verschränkte die Arme und neigte den Kopf, ihre Augen funkelten. »Willst du meine Intelligenz beleidigen, Süße? So eine Verlobungsanzeige und der ganze Aufwand nur für eine Beleidigung?« Sie schnalzte mit der Zunge. »Nein, das passt nicht. Du hast seinen Jagdtrieb geweckt, nicht wahr? Ihr habt euch gestritten, er hat dir irgendetwas angeboten, was du nicht wolltest, und daraufhin hat er dich geküsst, weil er wissen wollte, wie du reagieren würdest.«

»Nein«, hauchte Meghan, obwohl es selbst in ihren Ohren hohl klang.

Sarah zog ihre Augenbraue erneut nach oben und deutete mit dem Kinn auf Meghans Hände. Erst jetzt bemerkte sie, dass sie sich erschrocken an der Tischkante festgeklammert hatte.

Ihre Knöchel traten weiß hervor und sie brauchte ihre ganze Konzentration, um sie wieder zu lösen.

»Okay. Er hat mich geküsst und er wollte, dass ich für ein Wochenende seine Geliebte werde. Das war sein Angebot, aber ich habe abgelehnt.«

Xaver hätte um ein Haar seinen Cocktail durch den Raum gespuckt. »Was? Wieso? Du solltest das machen! Er ist doch so ein Schnuckel. Ich würde ihn nicht von der Bettkante stoßen.«

Sarah räusperte sich hörbar. »Du bist auch nicht gerade anspruchsvoll, deswegen weiß ich nicht, wie wertvoll deine Meinung hier ist. Ich bin dagegen. Nicholas ist ... speziell und ich denke, du solltest dich auf keinen Fall mit ihm einlassen. Egal, was für süße Worte er in dein Ohr flüstert, am Ende bist du vermutlich nur eine weitere Kerbe in seinem Bettpfosten.«

Meghan verzog schmerzlich das Gesicht. »Ich weiß«, murmelte sie, obwohl sich irgendetwas in ihr gegen die Worte ihrer Freundin sperrte.

Nick erschien ihr nicht dermaßen durchtrieben und sie fühlte sich zu ihm hingezogen. Es war irgendwie schmeichelhaft und aufregend, dass ein Mann sich solche Mühe gab, sie einzufangen.

Als würde Sarah ahnen, was Meghan dachte, griff sie nach ihrer Hand. »Du wolltest doch sowieso Urlaub nehmen. Warum verlässt du nicht das Land, bis die Aufregung sich gelegt und Parker das Interesse verloren hat? Grönland soll um die Jahreszeit sehr schön sein und die Flüge nach Australien sind im Moment sehr günstig.«

»Ich fürchte, das geht nicht. Morgen um 10 Uhr habe ich einen wichtigen Termin – mit Nick. Wir wollen endlich die Verträge unterzeichnen.«

»Hast du nicht irgendeinen Stellvertreter, der das für dich erledigen kann?«, wollte Sarah wissen.

Meghan war sich nicht sicher, was sie mehr beunruhigte: Das Interesse, das Nick an ihr zeigte, oder die Sorgen, die Sarah sich darum zu machen schien.

»Wir werden morgen das Vertragliche unter Dach und Fach bringen, danach werde ich ihn auf die Anzeige ansprechen und alles klären. Es war sicherlich nur ein Scherz.«

Xaver nickte aufgeregt und klatschte in die Hände, als würde er in Gedanken bereits die nächste Hochzeit planen, und Sarahs Miene verfinsterte sich. »Ich bin dagegen, dass du dich alleine mit ihm triffst.«

Mit einer energischen Geste strich Meghan ihre blonden Haare zurück. »Ich bin groß und stark. Was soll schon passieren?«

Sarah seufzte. »Wenn er die Anzeige bereits parat hatte und sie noch vor Redaktionsschluss durchgewunken bekommen hat, ist uns doch wohl allen klar, dass er irgendetwas für morgen geplant haben wird. Der Mann stellt dir eine Falle und du hast vor, blindlings hineinzulaufen.«

»Papperlapapp.« Xaver schnipste mit den Fingern vor Sarahs Nase herum, bis sie wütend seinen Arm wegschlug. »Wir sagen schon so lange, dass Meghan endlich mal einen richtigen Mann braucht. Einen, der anpacken kann.« Seine Augen begannen zu glänzen. »Wir wissen alle, dass er ein Playboy ist. Soll sie sich doch ruhig die Finger verbrennen – das ist es bestimmt wert.«

Unsicher sah Meghan zwischen ihren Freunden hin und her. Das waren ja glänzende Aussichten.

3

Schon als Meghan auf das Gebäude zusteuerte, in dem *Her Pleasure* seinen Sitz hatte, bemerkte sie, dass sich an diesem nebligen Morgen ungewöhnlich viele Raucher vor dem Eingang versammelt hatten. Normalerweise standen zwei oder drei traurige Gestalten an dem im Boden eingelassenen Aschenbecher, doch heute hörte sie bei einem Dutzend auf zu zählen. Die Geschichte ihrer Verlobung schien bereits die Runde gemacht zu haben und nun wollten alle sehen, ob sie anders aussah. Was erwarteten die Leute? Dass ihr Hörner wuchsen?

Sie rang sich einen halbwegs freundlichen Morgengruß ab, als sie durch die Tür trat, und eilte die Stufen nach oben, statt wie sonst den Aufzug zu nehmen. Als sie den Menschenauflauf im Flur sah, ließ sie etwas die Schultern hängen.

Ihre Assistentin Tiffany stand vor der Tür und klopfte ungeduldig mit der Fußspitze auf den Boden. Meghan schob sich wortlos an allen Kollegen und ihr vorbei, bevor sie demonstrativ die Bürotür schloss.

Wie zu erwarten, lag ein hoher Stapel Papiere in der Faxablage, ihr E-Mail-Programm blinkte mit hektischen Benachrichtigungen und der Anrufbeantworter zeigte mehr als siebzig neue Nachrichten.

Als es an der Tür klopfte, schrie sie genervt: »Nein!«

Tiffany ließ sich davon nicht abhalten und trat trotzdem ein. »Ich wollte wissen, wie ich verfahren soll. Inzwischen sind 43 Blumensträuße eingetroffen. Da ich mir gedacht habe, dass du sie hier bestimmt nicht haben willst, stehen sie in der Kantine, die nun aufgrund von Überfüllung geschlossen ist. Soll ich alle weiteren Lieferungen einfach ablehnen? Dann kann ich dem Portier Bescheid sagen. Außerdem bin ich mir nicht sicher, was ich am Telefon sagen soll – reicht einfach nur ›kein Kommentar‹?«

Meghan stöhnte und ließ den Kopf auf die Tischplatte sinken. »Ich bin nicht verlobt.« Zumindest Tiffany gegenüber konnte sie ehrlich sein, damit sie ihr den Rücken freihielt.

Ihre Assistentin war zu professionell, um sich irgendetwas anmerken zu lassen. »Alles klar, Boss. Soll ich ein offizielles Dementi rausschicken?«

»Ja. Nein. Herrgott! Ich weiß es nicht.« Nervös zupfte sie am Saum ihres dunkelblauen Designerkostüms. Sie würde es niemals zugeben, aber sie war extra eine Stunde früher aufgestanden, die sie mit der Outfitwahl und Schminken verbracht hatte, damit sie das nötige Selbstbewusstsein besaß, um Nick gegenüberzutreten. So hatte sie einen Punkt weniger auf der Liste, um den sie sich kümmern musste.

»Mister Parker wird um zehn Uhr kommen. Ich möchte einfach nur, dass alle Papiere bis dahin fertig sind, damit ich alles so schnell wie möglich hinter mich bringen kann. Über diese leidige Anzeige werde ich danach mit ihm sprechen.«

Tiffany nickte und verkniff sich jede weitere Frage, obwohl die Neugier ihr ins Gesicht geschrieben stand. Meghan wandte sich ihrem virtuellen Postfach zu und löschte die Glückwünsche allesamt ungelesen.

Es war ja wirklich interessant, wer plötzlich Anteil an ihrem Leben nahm. Nachdem ihre Assistentin den Raum verlassen hatte, drückte sie außerdem die Taste, um die Nachrichten auf dem Anrufbeantworter abzuspielen. Sie hätte sie nur zu gern ebenso gelöscht wie die E-Mails, aber es konnte ja sein, dass ein wichtiger Anruf darunter war.

Bestimmt 20 Nachrichten hatte sie gelöscht, als Nicholas' tiefe Stimme den Raum erfüllte. »Inzwischen solltest du von meinem fabelhaften Plan erfahren haben. Du hast nur eine Chance, mir wieder zu entkommen – und zwar, indem du alles tust, was ich von dir verlange, bis ich genug davon habe. Wenn wir uns später sehen, meine liebe Meghan, möchte ich, dass du kein Höschen trägst. Ich hoffe, du hast einen Rock an, damit es sich lohnt. Bis nachher!«

Es klickte in der Leitung, dann verstummte das Band, bevor der Automat die Anrufzeit der nächsten Nachricht mit einem monotonen Schnarren vorlas. Erschrocken presste Meghan die Stopp-Taste, bevor sie zurückspulte und seinen Anruf noch einmal anhörte.

Die feinen Härchen in ihrem Nacken richteten sich auf und Erregung breitete sich in ihr aus. Was fiel diesem Kerl eigentlich ein? Sie zog es nicht einmal in Betracht, zu gehorchen, und trotzdem erregte sein bestimmender Tonfall sie. Während sie darüber nachdachte, wie sie sich gegen ihn wehren konnte, massierte sie ihre Schläfen. Der Gedanke an Nick war wie klebrige Spinnweben, die sich um ihren Kopf legten und ihre Fähigkeit zu denken enorm beeinträchtigte.

Es klopfte an der Tür und Vicky, die Chefin der Buchhaltung, schob ihren Kopf zur Tür herein. »Hey, Meghan, guten Morgen. Hast du kurz Zeit?«

Sie nickte und deutete auf den freien Stuhl vor ihrem Schreibtisch, während sie eine Interviewanfrage der SUN aus ihrem E-Mail-Eingang löschte. »Was kann ich für dich tun?«

»Wir wollten deinen Junggesellinnenabschied planen, die Zeit ist ja reichlich knapp bemessen. Welches Thema findest du besser: schwarz-weiß oder Hollywood-Glamour der 50er-Jahre?«

Fassungslos starrte Meghan ihre Besucherin an und verfluchte Nick nicht zum ersten Mal an diesem Tag. »Es tut mir leid, Vicky, aber das ist alles ein großes Missverständnis. Ich bin nicht verlobt. Keine Ahnung, was Nick sich bei diesem ... Scherz gedacht hat.«

Vicky wirkte wie vor den Kopf geschlagen. Abrupt erhob sie sich und rümpfte die Nase. »Schon verstanden. Wenn ihr das unbedingt geheim halten wollt, hättet ihr vielleicht keine Anzeige schalten sollen. Tut mir leid, dass wir uns die Mühe machen wollten, nett zu sein.« Beleidigt rauschte die Buchhalterin aus dem Büro und zog die Tür lautstark hinter sich zu.

Nach kurzem Nachdenken entschied Meghan, dass sie sich an Vickys Stelle vermutlich auch nicht geglaubt hätte. Eine solche Anzeige war unglaublich teuer und sie zu schalten, fiel wohl kaum in die Kategorie der harmlosen Jungenstreiche.

Die Frage war nach wie vor, was er eigentlich damit bezweckte, denn er musste sich doch bestimmt auch den gleichen Fragen stellen wie sie. Bevor sie den Gedanken weiter verfolgen konnte, erhob sich lautes Gemurmel im Flur und vereinzelt hörte sie Leute in die Hände klatschen. Was war denn nun schon wieder los?

Genervt stand sie auf und öffnete ihre Bürotür. Im gleichen Moment wünschte sie sich, nicht so neugierig gewesen zu sein. Nicholas war da – mehr als eine halbe Stunde zu früh. Obwohl sie gedacht hatte, vorbereitet zu sein, merkte sie, wie ihre Knie weich wurden.

Als würde es nicht reichen, dass sie ihm gegenübertreten musste, stand das halbe Personal von *Her Pleasure* dort und wollte das Schauspiel quasi aus der ersten Reihe beobachten.

Nicholas bemerkte sie, drehte sich ganz um und bedeutete ihr, näher zu kommen. Wenn sie nicht dermaßen unter Beobachtung gestanden hätte, wäre sie vielleicht auf die Idee gekommen, sich zu weigern. Doch so ging sie langsam auf ihn zu und fragte sich, ob alle ihr Herz rasen hören konnten oder ob es nur ihr so laut erschien.

Ihre Beine fühlten sich mit jedem Schritt weicher an und Meghan bekam zum ersten Mal eine Ahnung davon, wie ein neugeborenes Reh sich fühlen musste. Kurz vor Nicholas blieb sie stehen, noch bevor sie den Mund öffnen konnte, um ihn zu begrüßen, hatte er sie in seine Arme gezogen.

Ihr Herzschlag geriet aus dem Takt, heißes Begehren flackerte in ihr auf. Seine Lippen strichen über ihre und sie ließ bereitwillig die Gegenwehr sinken. Seine Zunge schob sich in ihren Mund, löste das gleiche berauschende Gefühl aus wie bereits zwei Nächte zuvor. Es war nicht schwächer geworden – ganz und gar nicht. Meghan hatte das Gefühl, noch intensiver auf ihn zu reagieren. Seine Stärke, seine Einfühlsamkeit, sein männlicher Duft – all das nahm sie überdeutlich wahr.

Als sie sich endlich von ihm lösen konnte, brauste der Jubel im Gang noch weiter auf. Die gesamte Belegschaft – Hausmeister inklusive – schien versammelt zu sein. Sie versuchte empört, ihn von sich zu schieben.

Übertrieben laut sagte er: »Ach, entschuldige, Schatz, ich habe vergessen, dass dir das in der Öffentlichkeit peinlich ist.« Ein letztes Mal strichen seine Lippen über ihren Hals, dann gab er sie frei. Meghan wusste nicht einmal, was sie ärgerlicher fand: Dass er für alles eine Antwort und einen Grund hatte – oder dass er sie soeben als spießig dargestellt hatte. Außerdem fragte sie sich, ob er gemerkt hatte, wie sehr ihr Puls raste, als er die Stelle liebkost hatte.

Sie begegnete Vickys Blick, die nun noch gekränkter wirkte als vorhin.

Meghan fragte sich allen Ernstes, wie sie aus diesem Schlamassel jemals wieder herauskommen sollte. »Okay, Leute, die Show ist vorbei«, rief sie mit lauter Stimme und wies mit der Hand auf ihre Bürotür, damit Nick ihr in den Raum folgte.

Zwar hätte sie es gern vermieden, mit diesem Mann allein in einem Raum mit einer geschlossenen Tür zu sein, aber noch weniger wollte sie die nun folgende Unterhaltung auf dem Flur führen. Zumal sie sich sicher war, dass Nicholas nicht die geringsten Hemmungen hatte, vor Publikum über sie herzufallen. Nein, wenn es schon sein musste, dann war es wohl besser, wenn sie ihn allein zur Rede stellte.

Sie schloss die Tür und Nick machte es sich in einem der Sessel vor ihrem Schreibtisch bequem.

»Was soll das?«, fauchte sie, während sie unruhig durch den Raum tigerte.

Er verschränkte die Arme und schenkte ihr ein Grinsen, das sie zu verhöhnen schien. »Was soll was?«

»Die Anzeige und dein Verhalten. Du kannst doch nicht alle Welt glauben lassen, dass wir heiraten.«

Kurz spitzte er die Lippen und tippte mit dem Finger dagegen. »Warum nicht? Immerhin werden wir ja heiraten.«

Meghans Magen machte einen Satz, als sie seine Worte hörte. »Was? Du bist verrückt geworden.«

Sie bemerkte nicht, dass sie in seiner Reichweite stand. Es fiel ihr erst auf, als sein fester Griff sich um ihr Handgelenk schloss. Er stand auf. »Ich habe dich gewarnt, Meghan. Ich habe dir nahegelegt, mein Angebot anzunehmen, bevor ich den Einsatz erhöhe.«

Obwohl ihr der Ausdruck in seinen Augen ein mulmiges Gefühl bescherte, winkte sie ab. »Das ist Unsinn und das weißt du auch. Ich werde es einfach aussitzen. In drei Wochen ist der Spuk vorbei und in drei Monaten wird sich niemand mehr daran erinnern.«

Mit einem hypnotischen Lächeln zog er sie näher an sich, bis nur noch eine Hand breit Platz zwischen ihnen war. »Darauf würde ich mich an deiner Stelle nicht verlassen. Vielleicht werfe ich dich einfach über die Schulter, bringe dich in die nächste Kapelle und heirate dich.«

»Ohne meine Zustimmung könnte das schwer werden. Die Zeiten sind glücklicherweise vorbei.« Sie lächelte ihn an und fragte sich, warum ihr Puls sich so flach anfühlte.

Er schenkte ihr ein strahlendes Lächeln. »Sind sie das? Oder ist das vielleicht nur eine Frage des Geldes? Lass es mich so formulieren ...« Nick zog sie ganz nah an sich, bis sie seinen warmen, festen Körper an ihrem spürte. »An deiner Stelle würde ich es nicht darauf ankommen lassen.«

Sein wissender Gesichtsausdruck jagte einen Schauer über ihren Rücken. Er wirkte fest entschlossen und sie wusste beim besten Willen nicht, was sie davon halten sollte.

»Ich habe dir übrigens die erste Version des Vertrages zukommen lassen, deine Assistentin sollte ihn haben. Meine Unterschrift ist schon darauf, du musst nur noch selbst unterschreiben, dann ist der Deal unter Dach und Fach.«

Sie war verwirrt. »Die erste Version? Also die, die ich mit meinen Traumkonditionen erstellt habe und die du als untragbar betitelt hast?«

»Genau die.« Sein Blick war geradezu hypnotisch.

Meghan verstand die Welt nicht mehr. Da sie schon gewusst hatte, dass er niemals die erste Version akzeptieren würde, hatte sie alle Konditionen zu ihrem absoluten Vorteil formuliert.

Sie wollte nicht glauben, dass er diese nun akzeptierte. »Die erste Version?«

»Ja«, wiederholte er. »Mit sofortiger Gültigkeit.«

»Warum tust du das?«

»Heute Abend ist doch Lady Sarahs Party. Bist du eingeladen?«, wechselte er übergangslos das Thema.

Meghan nickte abwesend und versuchte, wieder etwas Abstand zwischen sich und diesen verführerischen Mann zu bringen.

»Dann sollte ich dich begleiten. Unser erster gemeinsamer Auftritt als Paar – ein wichtiger Moment.«

»Auf gar keinen Fall«, fauchte Meghan und schlug auf seine Hand, als er nach ihr greifen wollte.

»Wunderbar«, sagte Nick. »Ich bin um 19 Uhr da und hole dich ab.«

Fassungslos blinzelte Meghan, während sie versuchte, ihre Wut unter Kontrolle zu bringen. »Ich habe Nein gesagt.«

Dieses Mal war Nick sehr viel schneller und sie hatte keine Chance, ihm auszuweichen. Mit einem triumphierenden Knurren packte er ihre Handgelenke und drehte ihre Arme mit sanfter Gewalt auf den Rücken. Meghan versteifte sich, weil sie die ganze Zeit fürchtete, Schmerzen zu verspüren, aber Nick wusste, was er tat. Nachdem er sie unter Kontrolle gebracht hatte, presste er seinen Körper gegen ihren, bis Meghan erschrocken zurückwich.

Mit dem Po stieß sie gegen die Schreibtischkante und erschrak, als er Anstalten machte, sie auf den Tisch zu heben. Bevor sie wusste, was passiert war, lag sie auf dem Rücken vor ihm, fesselte sich selbst, weil ihr Gewicht auf ihre Hände drückte. Nick hielt ihre Taille umfasst und drückte sie nach unten. Entsetzt bemerkte Meghan, dass ihr Rock hochgerutscht war und die schwarze Spitze ihrer Strumpfbänder enthüllte. Nicholas verschlang die cremige Haut darüber mit seinen Augen, bevor er ihr ins Gesicht blickte.

»Hast du meine Nachricht bekommen?«, fragte er mit kehliger Stimme.

Sie schluckte schwer. »Wag es ja nicht!«

Doch seine Finger glitten langsam über ihren Schenkel nach oben. »Wehr dich, Meghan, komm schon. Du könntest dich so leicht befreien«, neckte er sie.

Zu ihrem großen Entsetzen bemerkte Meghan, dass er recht hatte. Es war ein Leichtes, die Hände hinter dem Rücken hervorzuziehen – warum hatte sie das also nicht einfach getan? Ein Kribbeln breitete sich in ihrem Unterleib aus, während er sie liebkoste.

Endlich erwachte sie aus der Lähmung und legte die Hände auf seine Schultern. Genauso gut hätte sie versuchen können, eine tragende Wand zu verrücken, er gab nicht einen Millimeter nach. »Hier sind die Regeln, Meghan. Ich bestimme, wo es langgeht.«

Ihre Wimpern flatterten, als sie die Augen niederschlug, um seinem Blick auszuweichen. »Das ist lächerlich.« Trotzdem zog es begehrlich in ihrem Bauch, als würde ihr Körper ihre Worte Lügen strafen wollen.

Nick legte einen Finger unter ihr Kinn und zwang sie, ihn anzusehen. »Ist es das? Keine Sorge, wir werden es langsam angehen. Aber du wirst mir gehorchen.«

Widerstand regte sich in ihr, jedoch eher als eine unbestimmte Ahnung. Sie wollte ihn zurechtweisen, doch ihr fehlten die richtigen Worte. »Und wenn nicht?«

Er lächelte. »Dann kommt der schöne Teil, denn dann muss ich dich bestrafen.«

Ihre Kehle war wie zugeschnürt.

»Du wirst mit mir heute Abend auf die Party gehen, Meghan. Und jetzt wirst du mich küssen.«

Fassungslos starrte sie ihn an und spürte, dass ein Teil von ihr tatsächlich nachgeben wollte. Sie war neugierig, wie es war, die Kontrolle abzugeben. Sich jemandem hinzugeben, der wusste, was er tat.

Es kostete sie unglaublich viel Kraft, den Kopf zu schütteln.

Nick streichelte ihre Wange und neigte sich ihr entgegen. »Doch. Küss mich, Meghan. Jetzt.«

Sie schmolz dahin, lag weich und willenlos vor ihm. Sein Atem strich über ihr Gesicht und als würde ihr Körper nicht mehr gehorchen, schlang sie die Arme um seinen Hals und bot ihm ihren Mund an. Nick ließ sich nicht zweimal bitten.

Gerade, als seine Zunge in ihren Mund glitt, klopfte es hektisch an der Bürotür und Tiffany kam hereingestürmt. »Boss, wir haben ein großes Problem. Hier ist ein Schreiben vom Anwalt, das ... Oh ...« Sie brach ab und starrte auf die Szene, die sich ihr bot.

Natürlich musste Tiffany in diesem Moment hereinkommen. Meghan fluchte innerlich. Sie lag mit hochgeschobenem Rock auf dem Rücken auf ihrem Schreibtisch und Nick stand zwischen ihren gespreizten Schenkeln, während sie sich an ihn klammerte. Außerdem hatten sie sich geküsst. Jetzt würde es sicherlich noch überzeugender wirken, wenn sie behauptete, dass zwischen ihr und Parker nichts passiert war.

Tiffany drehte sich um und starrte sie nicht länger an. »Es tut mir leid. Ich dachte, Mister Parker wäre schon weg.«

»Kein Problem«, sagte Nick souverän und trat einen Schritt zurück. Mit einer Handbewegung zog er ihren Rock runter, bevor er Meghan zuzwinkerte. »Ich wollte gerade gehen. Gegen 19 Uhr hole ich dich ab, Baby.«

Bevor sie die Gelegenheit zum Protest hatte, verließ er ihr Büro. Im Rausgehen richtete er seine Krawatte und nickte Tiffany zu. Sie bekam rote Wangen, fing sich aber schnell wieder. Nachdem er weg war, schloss sie die Bürotür und wandte sich zu Meghan. »Keine Sorge. Ich habe nichts gesehen.«

Meghan sprang von ihrem Schreibtisch und holte ihren kleinen Taschenspiegel aus der Schreibtischschublade. Ihre Wangen waren gerötet, ihre Haare durcheinander und in ihrem Ausschnitt zeigten sich hektische rote Flecken – so nahm ihr sicherlich niemand ab, dass nichts zwischen ihr und Nick lief.

»Wir haben Plagiatsvorwürfe reinbekommen«, sagte Tiffany und hielt Meghan das Schreiben der Anwaltskanzlei hin, die *Her Pleasure* betreute. Solche Vorwürfe waren jedes Mal eine leidige Angelegenheit, doch heute war Meghan fast froh, denn von einer Sekunde auf die andere verschwendete sie keinen Gedanken mehr an Nicholas Parker.

4

Um Punkt 19 Uhr klingelte es an ihrer Tür. Natürlich hatte Meghan alle möglichen Szenarien in ihrem Kopf durchgespielt und durchaus erwogen, Nicks Klingeln einfach zu ignorieren.

Er würde wohl kaum die Tür aufbrechen und sie zwingen, ihn zu begleiten. Ganz sicher war sie sich allerdings nicht.

Die schlichte Wahrheit war, dass seine Drohung sie eingeschüchtert hatte. Wobei sie nicht genau wusste, ob es überhaupt als Drohung gedacht gewesen war. Aber die Vorstellung, gegen ihren Willen verheiratet zu werden, reichte – zumindest für eine Weile – für ihre Kooperation.

Es war einfach zu diesem Zeitpunkt für sie unmöglich, abzuschätzen, wie Nicholas Parker tickte und was er wirklich von ihr wollte.

Mit finsterer Miene öffnete sie ihm. Er schenkte ihr ein strahlendes Lächeln und ließ seinen Blick über sie schweifen. »Du siehst wunderbar aus. Zieh etwas anderes an.«

Egal, wie sehr sie immer glaubte, vorbereitet zu sein, innerhalb von zwei Sekunden raubte er ihr den letzten Nerv und die Sprache. Sie sah an sich herunter. Das Kleid aus schwarzer Spitze war elegant und hochgeschlossen. Bodenlang betonte es ihre schlanke Figur und schwang sanft bei jeder Bewegung.

Er schob sich an ihr vorbei und trat hinter sich die Tür mit dem Absatz zu.

»Sag mal! Was fällt dir eigentlich ein?« Meghan verschränkte die Arme und blitzte ihn trotzig an.

Nick seufzte. »Früher oder später wirst du in meinem Bett landen und dann werde ich dich bestrafen müssen. Willst du die Liste der Verfehlungen wirklich noch länger werden lassen?«

Sie hob das Kinn noch ein wenig höher. »Da wäre ich mir an deiner Stelle nicht so sicher.«

Sein Gesichtsausdruck glich dem einer Katze, die soeben den Kanarienvogel verspeist hatte. »Irgendwann im Laufe des Abends wird mich das Verlangen überkommen, dich anzufassen, und du wirst mich lassen. Aber bei diesem Kleid komme ich absolut nicht an die interessanten Stellen, also müsste ich es kaputt machen. Das wäre doch schade, es sieht teuer aus.«

Allein die Vorstellung, dass er sie berührte, versetzte Meghan in helle Aufregung. »Du erpresst mich.«

»Nein. Ich sorge dafür, dass du tust, was ich will.«

»Bist du dir ganz sicher, dass ich mich umziehen soll?«

Nun war es zum ersten Mal er, der irritiert wirkte. »Habe ich mich nicht deutlich ausgedrückt?«

Lässig zuckte Meghan mit den Schultern. »In Ordnung.«

Sie glaubte, eine Lösung für ihr Dilemma zu haben. Endlich einmal war sie auf die Idee gekommen, sich zu fragen, wie Sarah diese Situation handhaben würde.

Nick folgte ihr bis zur Schlafzimmertür und schielte neugierig in den Raum. »Brauchst du Hilfe beim Ausziehen?«

»Ganz sicher nicht«, fauchte sie und schmetterte die Tür direkt vor seiner Nase ins Schloss.

Dieses Mal würde sie ihn mit seinen eigenen Waffen schlagen. Sie öffnete ihren Kleiderschrank und dachte nach. Zwar hatte sie eine Idee im Kopf, aber sie wollte Nick auch gehörig schmoren lassen. Sorgfältig breitete sie die Kleidungsstücke auf ihrem Bett aus. Dabei rieb sie sich vor Freude immer wieder die Hände. Schade, dass sie keinen Fotoapparat zur Hand hatte, um seinen Gesichtsausdruck für die Nachwelt festzuhalten.

In absoluter Seelenruhe zog sie das Spitzenkleid aus und hängte es zurück in den Schrank. Nick hatte es gar nicht anders verdient, dachte sie bei sich, während sie langsam die schwarzen Strümpfe über ihre Schenkel und die Knie zog.

Der kurze, schwarze Faltenrock reichte nicht einmal bis zur Mitte ihrer Oberschenkel, die Strümpfe endeten knapp darunter, sodass vielleicht zwei Finger breit ihrer Haut zu sehen war. Der schwarze Push-up-BH presste ihre Brüste zusammen, die nun das ebenfalls schwarze, tief ausgeschnittene Tanktop auf eine verlockende Weise ausfüllten. Dieser Aufzug war Teil ihres letzten Halloweenkostüms gewesen – sie war als nuttige Catwoman zu einer von Sarahs absolut unanständigen Partys gegangen und hatte sich den ganzen Abend vor Verehrern nicht retten können.

Im Grunde ließ sie jetzt nur den Haarreifen mit den Katzenöhrchen und den plüschigen weiß-schwarz geringelten Schwanz weg.

Ihre Haare waren den ganzen Tag zu einem Knoten hochgebunden gewesen, den sie nun löste. In weichen Wellen ergossen sie sich über ihre Schultern. Meghan beugte sich vornüber und sprühte Haarspray in den Ansatz, um Volumen vorzutäuschen.

Als sie sich wieder aufrichtete und in die schwarzen High Heels gestiegen war, legte sie roten Lippenstift auf. Sie lächelte ihrem Spiegelbild zu. Nick hatte es ja nicht anders gewollt.

Er stand mit dem Rücken zu ihr und blätterte durch eines ihrer Fotoalben. Seine Unverschämtheit kannte wirklich keine Grenzen.

»Du warst ein niedliches Kind«, kommentierte er und klappte das schwere Buch zu.

Seine Augen weiteten sich, als er sie anblickte.

»Stimmt irgendetwas nicht?«, fragte sie süß.

Meghan konnte sehen, dass er mit sich kämpfte, es stand ihm deutlich ins Gesicht geschrieben. Er hatte offensichtlich nicht bedacht, genauer zu spezifizieren, was sie anziehen sollte, und nun hatte er den Salat. Aber er war zu stolz, es einzugestehen, und schluckte schwer. »Dann können wir ja gehen.«

»Das können wir.« Meghan zeigte ihm ihren besten Hüftschwung, während sie vor ihm lief. Diesen kleinen Triumph würde sie auskosten, so lange sie konnte.

Dieses Mal war er offensichtlich nicht selbst gefahren, sondern hielt ihr die Tür zum Fond einer Limousine auf.

Sie glitt auf die hintere Sitzbank und wunderte sich, dass er sich nicht neben sie setzte, sondern ihr gegenüber Platz nahm.

Immer wieder glitt sein feuriger Blick über ihren Körper und sie spürte, dass ihre Nippel hart wurden, als sie sich fragte, wie es wohl wäre, mit ihm zu schlafen.

Ja, es störte sie, dass er so bestimmend war und die Dreistigkeit besessen hatte, eine Verlobungsanzeige aufzugeben, aber sie hatte sich schon lange nicht mehr so gelöst gefühlt oder diese Art der Aufregung, dieses Prickeln verspürt.

Sie musste nur aufpassen, dass er das nicht herausfand.

»Wer ist Carl?«, wollte er plötzlich ohne Vorwarnung wissen.

Meghan spannte sich für einen kurzen Moment an, bevor sie ihre Fassung wiedergewann. »Ein Freund. Warum fragst du?«

»Weil ich heute bei meinem Besuch Getuschel gehört habe, bei dem immer wieder ein gewisser Carl erwähnt wurde.«

»Wir waren ein paar Mal aus.«

Nicks Miene verdunkelte sich. »Hast du mit ihm geschlafen?«

Spöttisch zog sie die Mundwinkel nach oben. »Ich würde dir ja wirklich gern antworten, aber es geht dich einfach nichts an.«

Blitzschnell packte Nick sie und zog sie auf seinen Schoß. Mit einer Hand umfasste er ihren Nacken mit einem schmerzhaften Griff, die andere grub sich in ihren Schenkel und zwang sie, die Beine ein Stück zu spreizen. »Ich habe dir eine Frage gestellt.«

Seine Nägel bohrten sich in ihre Haut. Zum ersten Mal bekam Meghan einen Eindruck davon, wie Nick wirklich sein konnte. Zu ihrem großen Entsetzen spürte sie, dass sie feucht wurde.

»Ja, ich habe mit ihm geschlafen.«

Nick knurrte leise, bevor er seinen Mund auf ihre Kehle senkte und sie dort küsste. Er knabberte an der zarten Haut und Meghan wagte es nicht, auch nur einen Muskel zu rühren aus Angst, er könnte bleibende Spuren hinterlassen.

»Hast du dich danach testen lassen?«

Die Frage trieb die Röte in ihre Wangen, weil sie keinen Zweifel daran ließ, dass Nicholas beabsichtigte, bald mit ihr zu schlafen. »Ja, habe ich.«

»Gut.« Er gab sie frei und keine zwei Herzschläge später saß sie ihm wieder gegenüber, während er seine Manschetten zurechtrückte.

Ihr Puls überschlug sich fast und eine starke Erregung hatte von ihr Besitz ergriffen. Warum machte es sie an, wenn er so war?

Seine braunen Augen blitzten auf, als er sie ansah. »Ich würde dir nicht empfehlen, mich heute Abend eifersüchtig zu machen.« Nach einer kurzen Pause fügte er hinzu: »Oder überhaupt jemals.«

Sie zupfte an ihrem Rock, während sie mit fester Stimme antwortete: »Das kann ich nicht garantieren.«

Eigentlich hatte sie erwartet, dass er sich aufregen würde, stattdessen lächelte er mysteriös.

Verdammt! War ihm etwa aufgefallen, dass sie anfing, das Spielchen zwischen ihnen zu genießen?

***

Der Abend war ein Albtraum. Noch bevor sie das ehemalige Theater betreten hatten, hatte Nick einfach ihre Hand genommen und seine Finger mit ihren verschränkt. Wie ein glückliches Pärchen hatten sie die Party betreten und das war nicht unbemerkt geblieben. Jedes Mal, wenn ihnen jemand gratulierte, zwang Nick sie einfach, zu lächeln und sich artig zu bedanken, indem er Druck auf ihre Hand ausübte. Sie zweifelte nicht daran, dass er stark genug war, ihre Knochen zu brechen. Sie konnte nur noch nicht gut genug einschätzen, ob er das wirklich tun würde oder nicht.

Nach einer gefühlten Ewigkeit schaffte sie es glücklicherweise, sich von ihm zu lösen. Sie schnappte sich Sarah und lotste sie in eine dunkle Ecke. »Schnell, du musst mir sagen, was du über Nick weißt. Hat er irgendwelche abgefahrenen Vorlieben?«

Sarah runzelte die Stirn. »Was meinst du damit? Tolles Outfit übrigens, hätte ich ganz genauso gemacht.«

»Danke. Na ja, du weißt schon – wird er verlangen, dass ich ihn anpinkele, oder steht er auf Bloodplay?«

»Keine Ahnung. Ich habe mich noch nie mit seinen sexuellen Vorlieben beschäftigt. Aber ich glaube, zwei oder drei seiner ehemaligen Geliebten sind hier. Ich geh mich mal schlaumachen.«

Meghan wollte entgegnen, dass es gar nicht nötig war, doch Sarah war schon zwischen den Gästen ihrer Party verschwunden. Mit klopfendem Herzen lehnte Meghan sich an die Wand und presste eine Hand auf ihren rebellierenden Magen. Sie wusste nicht, ob Nick plante, heute noch mit ihr zu schlafen – aber ihr zentrales Nervensystem spielte schon aufgrund der Möglichkeit verrückt.

»Hi«, sagte Carl neben ihr und Meghan fuhr nervös zusammen.

»Oh, hallo Carl.« Sie beugte sich vor und gab ihm einen schnellen Kuss auf die Wange.

»Ich nehme an, es wäre angebracht, dir zu gratulieren.« Sein Lächeln wirkte sehr bemüht und Meghan brauchte einen Moment, bis ihr aufging, dass er über die Verlobung sprach.

Sie winkte ab. »Ach, das. Schon gut.«

Er blickte sie aus seinen warmen Hundeaugen an. »Dabei habe ich gedacht, dass dir unsere Dates genauso gefallen haben wie mir.«

Meghan presste die Backenzähne aufeinander, bis ihr Kiefer schmerzte, während sie nach der richtigen Antwort suchte.

Carl starrte sie dermaßen treu-doof an, dass ihr zum ersten Mal aufging, warum sie sich so stark zu Nick hingezogen fühlte.

Er zweifelte nicht an seinen Fähigkeiten, er war sich gewiss, dass er sie herumbekommen würde, und das strahlte er auch aus. Carl war immer unsicher gewesen, hatte ständig gefragt, ob es ihr gut ging und ob er alles richtig machte. Auf Dauer hatte das wirklich die Atmosphäre zerstört.

Wenn man vom Teufel spricht, dachte Meghan, als Nick auftauchte und genau auf sie zusteuerte. Bevor sie Carl die Antwort geben konnte, die sie ihm schuldig war, hatte Nick sie erreicht und den Arm um ihre Schulter gelegt. »Darling, da bist du ja.«

Aus lauter Hilflosigkeit sah sie sich gezwungen, die Männer einander vorzustellen. »Nick, das ist Carl. Carl, das ist mein Verlobter Nick.«

Sie hatte den Eindruck, dass ihre Stimme bei dem Wort »Verlobter« unglaublich piepsig klang, gleichzeitig war das aber die einzige Möglichkeit, die ihr einfiel, um Carl höflich, aber bestimmt zum Rückzug zu zwingen.

Nicholas hingegen wirkte vollkommen zufrieden und hielt Carl die Hand hin. Gezwungenermaßen schüttelte dieser sie, bevor er sich schnell verabschiedete und verschwand. Meghans Schultern sanken nach unten. Jetzt würde Nick bestimmt wieder eine Szene machen, stattdessen beugte er sich zu ihr und flüsterte: »Du hättest mir doch einfach sagen können, dass der Sex schlecht war.«

Fassungslos hob sie den Blick. »Wie kommst du darauf?«, zischte sie ebenso leise zurück.

»Deine Körpersprache. Ich könnte dich ein paar meiner ehemaligen Geliebten vorstellen, aber ich möchte dich nicht eifersüchtig machen.«

Bei so viel Arroganz fiel Meghan nun wirklich keine Entgegnung mehr ein. Sie sah, dass Sarah ihr zuwinkte und überlegte, wie sie Nick loswerden konnte. Immerhin wollte sie wissen, was ihre beste Freundin zu berichten hat.

»Wenn du mich kurz entschuldigen würdest«, sagte sie und unternahm den halbherzigen Versuch, sich aus seiner Umarmung zu lösen.

»Auf gar keinen Fall.« Er neigte den Kopf und küsste ihre Halsseite, für Außenstehende musste dies wie eine unglaublich vertraute Geste wirken. »Wenn du mich über den Tisch ziehen willst, musst du schon ein bisschen früher aufstehen. Ich habe genau gesehen, dass Sarah gerade mit einigen Damen gesprochen hat, die mir doch sehr vertraut sind. Du irrst dich, wenn du denkst, dass ich dich heute noch einmal aus den Augen lasse. Ich habe mich gerade einmal umgedreht und schon habe ich dich in der Gesellschaft eines Mannes wiedergefunden. Das passiert mir kein zweites Mal.«

»Aber ...«, wollte Meghan protestieren, als er den Finger auf ihre Lippen legte.

»Außerdem glaube ich, dass uns alle gesehen haben. Wir können also genauso gut jetzt gehen.«

Sein Blick verweilte inzwischen auf ihrem üppigen Dekolleté und Meghan spürte einen Hauch von Panik in sich aufsteigen. Sie wusste doch überhaupt nicht, worauf sie sich einließ, und zuckte hilflos mit den Achseln in Sarahs Richtung, während Nick sie bestimmt zum Ausgang führte.

Ihre einzige Chance kam, als Nicholas kurz vor den Stufen nach oben zur Tür von einem Geschäftskollegen aufgehalten wurde. Als er sich zu ihm drehte, um ein paar Worte zu wechseln, konnte Meghan ihm ihre Finger entwinden. Sie zögerte keine Sekunde und nahm Reißaus.

Draußen sog sie gierig die kalte Luft in die Lungen und eilte zum Straßenrand. Obwohl sie von links nach rechts spähte, konnte sie weit und breit kein Taxi entdecken.

Verärgert wollte sie in ihrer Tasche nach dem Handy wühlen, um eines zu rufen, als sich zwei Arme um ihre Körpermitte schlangen. Nick knabberte von hinten an ihrem Ohrläppchen und Meghan erschauerte.

»Was glaubst du, was du da tust, du ungezogenes Mädchen?« Sein Arm presste sich von unten gegen ihre Brüste. Ihre Haut prickelte überall dort, wo er sie berührte. Das zarte Prickeln breitete sich rasend schnell zu einem flächendeckenden Brand aus und Meghan biss sich auf die Unterlippe, bevor sie stöhnte.

»Ich ... Ich wollte nach Hause.«

»Hm«, machte er an ihrem Hals und kitzelte sie mit seinem Atem. »Weißt du, wo ich wohne?«

Stumm schüttelte sie den Kopf. Nick streckte seine Hand aus und deutete auf die gegenüberliegende Straßenseite. »Dort drüben. Und möchtest du raten, wo wir jetzt hingehen?«

Ihre Zähne begannen zu klappern, als er mit dem Daumen über ihre harten Brustwarzen strich, eine kurze und flüchtige Berührung. »Nein. Aber ich glaube nicht, dass das eine gute Idee ...«

Sie schrie erschrocken auf, als Nick ihre Arme umfasste und sie abrupt umdrehte, sodass sie mit dem Gesicht zu ihm stand. »Du vergisst etwas, süße Meg. Ich frage nicht. Das war lediglich meine Höflichkeit, die mich gezwungen hat, dich wenigstens zu informieren.«

Meghan versuchte, den Kloß in ihrem Hals hinunterzuschlucken, doch es wollte ihr nicht gelingen. »Und wenn ich nicht will?«

Er enthüllte seine ebenmäßigen Zähne für ein wölfisches Grinsen. »Dann muss ich dich zwingen.«

Noch während sie versuchte, einen Schritt nach hinten zu gehen, und dabei die Stirn runzelte, wurde der Griff um ihre Arme fester.

Nick packte sie und warf sie wie einen Sack Kartoffeln über die Schulter. Die Luft wich aus ihren Lungen, als sie landete. Er eilte über die Straße und der Portier hielt ihm die Tür auf, als wäre es ganz und gar nicht ungewöhnlich, dass er Frauen auf diese Weise nach Hause brachte.

Bevor Meghan ihren Schock verarbeitet hatte und auf die Idee kam, auf Nick einzuschlagen, hatten sich bereits die Aufzugtüren hinter ihnen geschlossen. Er setzte sie wieder ab und drängte sie gegen die Kabinenwand. Ihre Handgelenke drückte er rechts und links neben ihren Kopf, sein Knie schob er zwischen ihre Beine. Sein Kuss war hungrig, ungestüm und gab ihr einen Vorgeschmack, der ihr Blut in Wallung versetzte.

Zum ersten Mal spürte sie mit voller Wucht, dass sie ihn wollte! Dass sie wollte, was immer er mit ihr vorhatte. Willig öffnete sie den Mund und hieß seine Zunge willkommen. Dabei spürte sie, wie er an ihrem Schenkel hart wurde.

Wie durch Watte hörte sie, dass die Aufzugtüren sich mit einem leisen Ton öffneten und den Blick auf sein Appartement freigaben. Schwer atmend lehnte er seine Stirn an ihre. »Willkommen in der Höhle des Löwen.«

5

Nick zwang sich, sein Verlangen wieder in den Griff zu bekommen. Wusste Meghan eigentlich, wie verführerisch sie war?

Inzwischen hatte sie auf seinem Sofa Platz genommen und es überraschte ihn, wie befriedigend er es fand, sie endlich bei sich zu Hause zu haben.

Viel zu lange hatte er auf diesen Moment gewartet. Sie blickte sich neugierig um und ließ ihm damit Zeit, sich zu sammeln. Er wollte sie noch immer dafür erwürgen, dass sie sich dermaßen aufreizend angezogen hatte – es war ohnehin schon schwer genug, die Finger von ihr zu lassen.

Gleichzeitig verspürte er eine gewisse Belustigung darüber, dass sie ihn mit seinen eigenen Waffen geschlagen hatte, immerhin hatte er ihr befohlen, sich umzuziehen. Sie war verdammt clever und besaß Humor. Zwei Eigenschaften, die sie noch anziehender wirken ließen.

Nun hatte er sie in seiner Reichweite und konnte sein Glück kaum fassen. Ihre Brust hob und senkte sich schnell, sie war eindeutig aufgeregt und nervös. Der viel zu kurze Rock war noch weiter hochgerutscht und strapazierte seine Nerven.

Mit einem leichten Lächeln deutete er eine Verbeugung an und verließ den Raum, um den Champagner aus der Küche zu holen. Er musste Abstand zu Meghan gewinnen, denn jetzt gerade wollte er sie einfach nur noch in sein Bett schleifen. Es war ihm ein Rätsel, dass seine Beherrschung überhaupt so lang gehalten hatte.

Es wäre dumm, sie zu überrumpeln, er wollte sie geduldig an alles heranführen – sein Schwanz sah das anders. In der Küche stützte er sich auf dem Küchentresen ab und atmete mehrfach tief durch. Nur langsam fiel die Anspannung von ihm ab.

Als er das Gefühl hatte, sich endlich wieder im Griff zu haben, öffnete er den Kühlschrank und köpfte die Flasche Champagner. Er holte zwei Gläser aus dem Schrank und stellte sie ab, als er aus dem Augenwinkel eine Bewegung wahrnahm.

Meghan hatte sich lautlos genähert und lehnte mit verschränkten Armen im Türrahmen. Sie war ein ganzes Stück kleiner als gerade eben noch und als er den Blick an ihr heruntergleiten ließ, bemerkte er, dass sie bereits die Schuhe ausgezogen hatte. Sie hatte die Zähne in der vollen Unterlippe vergraben und schien irgendetwas auf dem Herzen zu haben.

Nick goss den Champagner ein und wartete geduldig, bis Meg fragte: »Was erhoffst du dir von mir?«

Nachdem er die Flasche wieder in den Kühlschrank gestellt hatte, nahm er die Gläser und trat zu ihr. Er hielt ihr eines hin und grinste. »Deine totale Unterwerfung.«

Sie rollte mit den Augen und er beschloss, sie später dafür zu bestrafen. Mit einem Seufzen nahm sie das Glas entgegen und drehte sich um. Er betrachtete ihre sanft wiegenden Hüften, während sie vor ihm ins Wohnzimmer zurückkehrte.

Am liebsten hätte er sie gleich auf seinen Schoß gezogen, damit sie spürte, was sie mit ihm machte, doch er zwang sich, neben ihr Platz zu nehmen und zwei gute Handbreit Abstand zu lassen.

»Ist das für dich nicht langweilig?«, wollte sie wissen. »Ich habe doch keinerlei Erfahrung.«

Während sie das sagte, legte sie den Kopf schräg und sah ihn an.

Dabei glitten ihre Haare zur Seite und enthüllten die cremefarbene Haut ihres Halses. Der Teil mit der Selbstbeherrschung fiel Nick zunehmend schwerer.

»Ganz im Gegenteil. Früher wäre das vielleicht anders gewesen, aber jetzt finde ich die Vorstellung, dich zu erziehen, sehr reizvoll.« Er lächelte und widerstand der Versuchung, ihre Hand zu nehmen und auf seinen Schritt zu pressen – nur für den Fall, dass ihr nicht klar war, wovon er sprach.

Meg nippte nachdenklich am Champagner. Ihre Atmung hatte sich beschleunigt und ihre Brüste pressten sich noch drängender gegen den Rand des knappen Oberteils.

Nicht zum ersten Mal an diesem Abend fragte er sich, ob sie überhaupt etwas unter dem verflucht knappen Röckchen trug.

»Wie hätte ich mir das vorzustellen?« Ihre rosafarbene Zungenspitze erschien und leckte schnell über die Lippen. »Diese Erziehung?«

Er lehnte sich zurück und fragte sich, ob es wirklich so leicht werden würde. »Vermutlich sollte ich Carl für den schlechten Sex danken, den er dir beschert hat.«

Sie versteifte sich neben ihm und stieß ein leises Geräusch aus, das er nicht genau deuten konnte. »Woher bitte willst du das denn wissen?«

Endlich erlaubte er es sich, die Hand auszustrecken und über ihren Nacken zu streichen. »Du würdest dich sicherlich nicht dermaßen bereitwillig für das Thema interessieren, wenn du nicht unzufrieden damit wärst, wie es gerade im Moment bei dir ist.«

Obwohl ihr Gesichtsausdruck alles andere als einladend wirkte, lehnte sie sich ihm entgegen, weil ihr offensichtlich gefiel, wie er ihren Hals streichelte. »Du bist ganz schön arrogant.«

Er lachte leise. »Das mag sein. Aber ich habe recht, oder nicht?«

Sein provokanter Tonfall weckte ihren Widerstand und ihre blauen Augen blitzten wütend auf. »Vielleicht. Vielleicht auch nicht.« Mit einem Achselzucken hob sie das Glas wieder an ihre Lippen.

Noch immer liebkoste er die verführerische Linie ihres Nackens und spürte, wie ihr Puls jagte. Gang langsam glitt er mit den Fingerkuppen nach unten, bis er auf den Ansätzen ihrer Brüste verharrte. »Du musst nur wissen, dass ich dich für mich allein will und du jederzeit gehorchen musst.«

Ihr Herz klopfte schnell, aber regelmäßig, während sie über seine Worte nachdachte. Nick konnte sein Glück kaum fassen, als sie langsam näher zu ihm rückte. Sie hob ihr Gesicht und sah ihn eindringlich an. »Zeig es mir«, murmelte sie heiser und senkte ihre Lider.

Eigentlich wollte er ihr widerstehen, doch ihr leicht geöffneter Mund erinnerte ihn an den atemberaubenden Kuss, den er ihr bei der letzten Begegnung gestohlen hatte. Er umfasste ihr Gesicht, rutschte noch näher zu ihr und presste seine Lippen auf ihre. Zum ersten Mal schmiegte Meghan sich warm, weich und willig an ihn, ihre Leidenschaft stand seiner in nichts nach. Da sie sich nicht sträubte, umfasste er ihre Brüste und streichelte sie durch den Stoff ihres Oberteils. Ihre Brustwarzen versteiften sich und er umkreiste sie mit den Fingern, bis Meghan erschauerte.

»Spreiz deine Beine«, forderte er sie auf.

Meg umfasste den Saum des kurzen Rocks und zog ihn hoch, während sie ihre Schenkel auseinanderschob. Nick atmete tief durch, als er sah, dass sie tatsächlich kein Höschen trug. Der Impuls, sich die Kleidung vom Leib zu reißen und sie hier und jetzt auf der Stelle zu nehmen, war unglaublich stark. Aber er musste sich zurückhalten, er wollte sie süchtig nach ihm machen, damit sie freiwillig zu ihm kam. Das wollte er: ihre Hingabe.

Ihre Haut fühlte sich wie warme Seide an und er konnte es kaum erwarten, ihren ganzen Körper zu erkunden. Die leisen Seufzer, die Meghan ausstieß, versicherten ihm, dass sie genoss, was er tat. Normalerweise war er sich immer sicher, was er tat, aber bei Meghan war es ihm besonders wichtig, sie nicht zu schockieren.

Er konnte die Hitze ihrer Pussy schon erahnen, bevor seine Finger sie überhaupt berührten. Mit kreisenden Bewegungen streichelte er ihren Schenkel, mit der anderen Hand zog er ihr Tanktop nach unten und schob den BH zur Seite.

Seine Lippen schlossen sich um eine der harten Spitzen, während er ihre feuchten Schamlippen teilte. Zu seiner Freude kam Meghan ihm entgegen. Sie drückte den Rücken durch und schob ihren Unterleib vor, um ihm den Zugang zu erleichtern.

Nick konnte nicht länger widerstehen und drang mit zwei Fingern in sie ein. Heiß und samtig schloss sie sich um ihn und stöhnte, als er die Finger in ihr bewegte. Mit dem Daumen fand er ihre Lustperle und rieb sie mit stetigem Druck, bis Meghans Atmung immer flacher wurde.

Sie zitterte unter seiner Hand und griff in sein Haar, bis er mit rauer Stimme befahl: »Heb die Hände über dem Kopf und lass sie da.«

Gehorsam rutschte Meg weiter auf dem weichen Polster der Couch nach unten, bis sie mit weit gespreizten Beinen vor ihm lag. Er würde sich nur vorbeugen müssen, um ihren Geschmack kosten zu können, trotzdem zügelte er sich.

Meghan schrie auf, ihr Becken zuckte unter seiner Stimulation und sie drängte sich ihm immer weiter entgegen, bis sie unkontrolliert zu zittern begann. Fester und fester massierte er ihre Knospe, bis er wusste, dass sie den Höhepunkt erreicht hatte. Widerstrebend zog er sich zurück und wartete, bis sie ihn ansah.

Ihre Augen waren weit aufgerissen und sie atmete schwer. »Was? Warum zum Teufel hörst du auf?« Sie klang regelrecht erbost und hatte ihre Finger in den Stoff seines Hemdes gegraben.

Er stand auf und wandte sich ab, damit sie nicht sah, wie sehr er mit sich kämpfte. Nachdem er schwer geschluckt hatte, sagte er: »Du solltest jetzt nach Hause fahren. Es ist spät.«

»Wieso?« Sie klang fassungslos.

»Ganz einfach, Baby, du musst mich darum bitten. Ich will nicht, dass du nachher denkst, ich hätte dich zu irgendetwas überredet. Du hast eine Kostprobe bekommen und wenn du mehr willst, weißt du, wo du mich finden kannst.« Er ballte eine Faust und versuchte, nicht daran zu denken, dass seine Finger nach ihrer Erregung dufteten. Nick konnte die Nässe noch immer spüren und stritt innerlich mit seinem Verlangen.

Noch nie war es ihm dermaßen schwergefallen, eine Frau abzuweisen. Es war ihr vermutlich nicht bewusst, aber sie hatte eine natürlich devote Art an sich. Wie von selbst hatte sie sich führen lassen und gehorcht, als hätte sie nur darauf gewartet, dass jemand ihr endlich sagte, was sie tun sollte.

Als er sich wieder umdrehte, musste er beinahe über ihren erbosten Gesichtsausdruck lachen. Hektische rote Flecken zeichneten sich auf ihren Wangen ab und ihre Augen sprühten Funken vor Wut.

Meg erhob sich von der Couch und zog ihren Rock nach unten. Er war sich sicher, dass sie einiges zu sagen hatte, doch sie presste die Lippen nur aufeinander. Vermutlich glaubte sie ihm jetzt endlich, dass es Konsequenzen gab, wenn sie sich nicht verhielt, wie er es von ihr erwartete.

Sie schlüpfte wieder in ihre Schuhe, bevor er sie zum Ausgang brachte. »Sag dem Portier, er soll dir ein Taxi rufen.«

Er legte die Hand auf ihre Schulter, doch sie schüttelte sie unwillig ab und drückte energisch den Knopf, um den Aufzug zu rufen.

Meg starrte auf den Boden, bis die Türen sich geschlossen hatten. Obwohl Nick ein merkwürdiges Gefühl in der Magengrube verspürte, war er sich sicher, sie schon bald wiederzusehen.

6

Mit einem lauten Klirren zerbrach die gläserne Vase auf dem Küchenboden. Sie war Meghan einfach aus den Fingern gerutscht. Doch das war nur einer der unzähligen kleinen Vorfälle, die sich seit gestern ereignet hatten.

Sie wusste, dass es an diesem verdammten Mistkerl Nicholas Parker lag, dass sie völlig neben sich stand. Meg war bereit gewesen, praktisch alles zu tun, was er von ihr verlangte, und stattdessen schickte dieser miese Windhund sie nach Hause – aber natürlich nicht, ohne ihr vorher einen absolut göttlichen Orgasmus zu verpassen, damit sie auch einen Grund hatte, sich nach ihm zu sehnen.

Es hatte schon gestern angefangen. Sie war dermaßen aufgewühlt gewesen, dass sie beschlossen hatte, ihre Lust mit einer kalten Dusche zu lindern. Als wäre das eisige Wasser nicht schon Strafe genug, war Meghan ausgerutscht und hatte sich im letzten Moment am Duschvorhang festhalten können. Mit einem unschönen Geräusch war er abgerissen, hatte aber zumindest einen schlimmen Sturz verhindert.

Heute Morgen hatte sie sich die Haare gemacht, als sie wieder an die Begegnung mit Nick denken musste. Das Nächste, woran sie sich erinnerte, war der Geruch geschmorter Haare. Mit einem Seufzen hatte sie die blonde Locke in den Mülleimer geworfen und die Haare über die unfreiwillig gekürzte Strähne gekämmt.

Nun betrachtete sie die Scherben auf dem Boden und fragte sich, wie sie den Tag überstehen sollte, ohne vor die U-Bahn zu stolpern oder ähnliches Pech zu haben. Noch nie hatte sie jemand auf diese Weise aus dem Konzept gebracht. Sie war sich einfach nicht sicher, ob sie ihn erwürgen oder um Sex anbetteln wollte – und das gefiel ihr überhaupt nicht.

Meghan kannte sich gut genug aus, um zu wissen, dass ihre Unabhängigkeit und Stärke als Frau nichts mit dem Verlangen zu tun hatte, sich über Nicks Schoß legen zu wollen. Trotzdem widerstrebte es ihr, ihm diese Genugtuung zu bieten.

Allerdings war sie ehrlich mit sich selbst: Sie wollte mehr von dem, was er ihr gestern gegeben hatte, sehr viel mehr.

Während sie sich bückte, um die Scherben aufzusammeln, dachte sie nach, wie sie bekommen konnte, was sie wollte, ohne einen zu hohen Preis bezahlen zu müssen. Außerdem musste sie ihn von dieser lächerlichen Heiratsidee abbringen.

Obwohl es absurd früh war, rief sie Tiffany an und hinterließ eine Nachricht auf ihrer Mailbox, dass sie erst später ins Büro kommen würde. Sie bestellte sich ein Taxi, denn aus irgendeinem Grund war sie davon überzeugt, dass Nick genauso früh auf der Arbeit anzutreffen war wie sie selbst. Wenn er schon im Schlafzimmer ein Kontrollfreak war, wollte sie gar nicht wissen, wie es sein musste, für ihn zu arbeiten.

***

Sie hatte es nicht einmal ganz bis zur Anmeldung geschafft, als die breiten Flügeltüren dahinter aufflogen und Nick im Türrahmen erschien. Er gab sich keine besondere Mühe, sein zufriedenes Grinsen zu verbergen. Meghan musste sich auf die Zungenspitze beißen, um ihn nicht zurechtzuweisen. Stattdessen straffte sie die Schultern und trat ihm lächelnd entgegen. Hatte er tatsächlich jemanden damit beauftragt, ihn zu informieren, falls sie das Gebäude betrat?

Als würde sie Hilfe brauchen, in sein Büro zu gelangen, legte Nick die Hand auf ihren Rücken und schob sie vorwärts. Sie wusste nicht genau, ob er damit die Kontrolle an sich reißen wollte oder ob er sie einfach nur gern anfasste. Welche Variante ihr lieber war, konnte sie ebenfalls nicht sagen.

Sein Büro war überraschend schlicht eingerichtet und wurde von einem großen dunklen Schreibtisch dominiert. Die Wände waren leer und nicht wie üblich mit mehr oder weniger geschmacklosen Kunstdrucken behängt. Außerdem fehlten die Urkunden der Universitäten, an denen er studiert hatte. Überhaupt gab es nichts in diesem Raum, das so überwältigend wirkte wie Nick.

Während Meghan sich in einen der beiden Sessel vor seinem Schreibtisch setzte, hockte er sich auf die Tischkante direkt vor sie, sodass ihre Knie sich berührten.

Da sie bereits wieder spürte, wie die Hitze in ihre Wangen stieg, öffnete Meg ihre Tasche und zog ihr Alibi hervor, den unterschriebenen Vertrag. Nick nahm ihn entgegen, doch er machte sich nicht einmal die Mühe, ihn durchzublättern, stattdessen fixierte er Meghan mit seinen braunen Augen. Achtlos warf er das Dokument auf den Tisch hinter sich.

»Möchtest du einen Kaffee oder etwas anderes trinken?«

Sie schüttelte den Kopf und leckte sich kurz über die Unterlippe.

Nicks Blick heftete sich auf ihren Mund. »Was willst du dann?«

Ob er ihr Herz klopfen hören konnte? Ob er ahnte, wie das Blut in ihren Ohren rauschte und dass ihr Magen ein fester, kleiner Knoten war? Meg holte tief Luft und nahm ihre Schultern zurück. »Ich denke, ich möchte auf dein Angebot eingehen.«

Eigentlich hatte sie damit gerechnet, dass er sofort reagieren und sie küssen würde. Stattdessen stand Nicholas abrupt auf und marschierte hinter seinen Schreibtisch, wo er sich hinsetzte. »Du denkst?«, wiederholte er.

Meghan wurde heiß, obwohl sie nur eine dünne Seidenbluse trug.

Mit Mühe unterdrückte sie den Impuls, das Gesicht abzuwenden, und erwiderte stattdessen fest: »Ja, ich denke. Immerhin bin ich mir nicht ganz sicher, worauf ich mich einlasse – da werden einige letzte Zweifel wohl berechtigt sein.« Ihr war klar, dass sie recht schnippisch klang, aber Nick verstand es einfach zu gut, ihre trotzige Seite zum Vorschein zu bringen.

Er lehnte sich in seinem Stuhl zurück und betrachtete sie, als würde er sich eine Strategie zurechtlegen. Ihr gesamtes Blut schien sich in ihren Wangen zu sammeln und sie fühlte sich, als würde sie geradewegs in einen strahlend hellen Scheinwerfer blicken. Nick schnalzte mit der Zunge. »Ich glaube nicht, dass ein vages Gefühl auf deiner Seite mir reicht.«

In diesem Moment wünschte Meghan sich, sie hätte doch etwas zu trinken genommen, dann könnte sie es ihm jetzt nämlich ins Gesicht schütten. Nick war so sehr von sich selbst überzeugt und wollte, dass sie sein gigantisches Ego noch weiter fütterte, indem sie ihm gestand, wie sehr sie ihn begehrte.

Kampflos würde sie ganz bestimmt nicht aufgeben. Mit einem leisen Seufzen stand sie auf und lief gemächlich mit ihrem besten Hüftschwung zum Ausgang. Die Atmosphäre im Raum veränderte sich. Nicks Anspannung war förmlich mit den Händen zu greifen, doch Meghan reagierte nicht darauf, bis sie die Tür erreicht und abgeschlossen hatte. Sie drehte sich um und hob die Hände. Ganz langsam öffnete sie die Knöpfe ihrer Bluse, einen nach dem anderen. »Besser?«

Nicks Lippen waren lediglich ein schmaler Strich und sie konnte sehen, dass es ihm überhaupt nicht passte, dass sie nicht auf die Weise gehorchte, wie er sich das vorstellte.

Aber widerstehen konnte er ihr auch nicht. »Komm her.« Seine raue Stimme schickte einen süßen Schauer über ihren Rücken.

Ihre Brustwarzen zogen sich zusammen und drängten gegen die feine Spitze des BHs. Da der champagnerfarbene Stoff nahezu transparent war, durfte Nick diese Tatsache kaum entgangen sein. Ein warmes Prickeln breitete sich in ihrem Unterleib aus und obwohl ihr Herz wie verrückt klopfte, lächelte Meghan und ging auf Nicholas zu.

Je näher sie kam, desto besser konnte sie die Begierde in seinem Blick sehen. Hungrig musterte er sie und für einen Moment blieb ihr die Luft weg. Sie konnte beinahe körperlich spüren, wie sehr er sie wollte und fragte sich, wie er es gestern geschafft hatte, die Finger von ihr zu lassen.

Als sie nur noch etwas über eine Armlänge von ihm entfernt stand und damit aus seiner Reichweite, legte sie die Finger auf ihre Schenkel und zog den Rock hoch. Nach und nach enthüllte sie den Spitzenrand ihrer halterlosen Strümpfe, die glatte Haut ihrer Schenkel und schließlich ihre unverhüllte Scham.

»Du wirst genau das tun, was ich dir sage, und nichts infrage stellen oder Widerworte geben. Du wirst erst dann kommen, wenn ich es dir erlaube – falls ich es dir erlaube. Hast du das verstanden, Meg?«

»Ja, Sir.« Sie war selbst schockiert darüber, wie selbstverständlich die Anrede ihr über die Lippen kam. Ihr Schoß pulsierte vor Verlangen, als sie Nicks zufriedenes, böses Lächeln sah. Trotzdem verstärkte sich das Prickeln in ihrem Unterleib. Das Funkeln in seinen Augen jagte ihr ein wenig Angst ein, weil sie den Eindruck hatte, sich freiwillig einem gefährlichen Raubtier ausgeliefert zu haben.

»Komm näher.«

Mit einem Mal wollten ihre Beine ihr kaum mehr gehorchen und sie trat unsicher auf ihn zu. Er streichelte ihre Hüfte, ihren Bauch, bis er ihren Po umfasste und fest zudrückte. Meghan sog erschrocken Luft ein, spürte aber im gleichen Moment, wie sie feucht wurde.

»Zieh dich ganz aus.« Nicholas' Tonfall ließ keinen Zweifel daran, dass er ab sofort ihren absoluten Gehorsam verlangte, und sie erinnerte sich daran, dass er bereits gestern eine Bestrafung angedroht hatte, falls sie nicht folgsam war.

Die Bluse flatterte zu Boden, der Rock fiel hinterher, dann fasste sie hinter ihren Rücken, um den BH zu öffnen. Ihre Brüsten spannten, weil sie so erregt war, und trotzdem mischte sich ein guter Teil Angst in ihre Lust. Ihr war klar, dass sie Nick vertrauen konnte, aber der Nervenkitzel des Unbekannten, dass sie nicht wusste, was er vorhatte, war einfach zu viel für sie.

Sie beugte sich vornüber, um ihre Strümpfe hinunterrollen zu können, als Nick aufstand. Meghan hatte nicht einmal die Chance, sich wieder aufzurichten, bevor er ihre Oberarme packte und sie auf dem Schreibtisch ablegte. Die Tischplatte war ungewöhnlich kühl und Meg zuckte zusammen, als sie auf ihre erhitzte Haut traf.

Nick zog eine Schublade auf und präsentierte Meg ein Paar Handschellen und ein langes schwarzes Tuch, das seidig schimmerte.

»Du willst mir doch jetzt nicht am helllichten Tag in deinem Büro die Augen verbinden!«, stieß sie empört hervor. Nur wenige Sekunden danach bereute sie ihren Protest. Nick schlug einmal kurz auf die empfindliche Innenseite ihres Oberschenkels. Der scharfe Schmerz ebbte kurz auf und sorgte dafür, dass sie ihre Zähne in der Unterlippe vergrub.

»Sei doch so nett und wiederhole, was ich dir gerade erst erklärt habe.« Seine Stimme klang sanft, doch er legte seine Hand um ihre Kehle und ließ sie mahnend dort liegen.

»Ich soll keine Widerworte geben«, flüsterte Meghan. Ihr Herz klopfte so schnell, dass Nick es einfach hören musste. Verlegen presste sie die Beine zusammen, weil sie trotz allem unfassbar erregt war.

»Dann halte dich dran!« Nick griff nach ihren Händen und fesselte sie mit den Handschellen, bevor er ihre Arme über ihren Kopf führte. »Schön dort liegen lassen.«

Für ein paar Sekunden spielte Meg mit dem Gedanken, den Kopf wegzudrehen, doch als Nick ihr die Augen verband, hielt sie schließlich still.

Die Neugier und die Erregung waren einfach zu groß. Er packte ihre Hüften und positionierte sie so auf dem Tisch, wie er sie haben wollte. Sie war froh, dass sie wenigstens die Tür abgeschlossen hatte und sich deswegen sicher sein konnte, dass niemand sie stören würde. Während sie fragte, ob sie sich überhaupt würde entspannen können, begann Nick, mit den Fingern ihren Körper zu erkunden.

Er ließ sich viel mehr Zeit als gestern und bereits nach wenigen Minuten drängte Meg sich seinen Berührungen entgegen. Sanft umkreiste er ihre Brustwarzen, strich über ihre Kehle, hielt inne, um zu fühlen, wie ihr Puls raste, bevor er ohne Vorwarnung an ihren Nippeln zupfte.

Überrascht bäumte Meghan sich mit einem Stöhnen auf, der feine Schmerz hallte in ihr nach. Aber es gefiel ihr, das konnte sie nicht leugnen. Schon lange war sie nicht mehr so erregt gewesen, die Feuchtigkeit sickerte langsam zwischen ihren Schamlippen hervor.

Nick ersetzte seine Finger durch seinen Mund und leckte, knabberte und saugte, bis Meghan sich stöhnen hörte.

»Oh bitte«, flehte sie.

»Bitte was?«, wollte Nick wissen und sie wunderte sich über seinen harten Tonfall.

Obwohl es ihr nicht leichtfiel, es einzugestehen, wisperte Meghan: »Bitte fick mich! Ich will dich so sehr.«

»Noch nicht.«

Seine Antwort löste pure Frustration aus, die schlagartig vertrieben wurde, als Nick über ihre Seiten kratzte. Das leichte Brennen auf ihrer Haut mischte sich mit dem verlangenden Ziehen ihrer Pussy und Meg wimmerte gequält auf.

Mit festem Griff packte Nick ihre Hüften und zog sie bis zur Kante des Schreibtischs. Sie fürchtete schon, herunterzufallen, als er ihre Füße nahm und sie auf diese Weise dazu zwang, die Beine weit zu spreizen. Sein heißer Atem löste ein Schaudern aus und sie hörte sein zufriedenes Lachen.

»Ich frage mich schon die ganze Zeit, wie du wohl schmeckst.«

Eigentlich war nichts Verdorbenes an dieser Aussage, doch Meghan wurde rot und war zum ersten Mal froh, dass ihre Augen verbunden waren. Er leckte einmal über ihre Scham, zwischen den Labien hindurch, als würde er sich mit ihrem Geschmack vertraut machen wollen. Allein der Gedanke reichte, um Megs Becken zucken zu lassen, doch sein eiserner Griff hielt sie fest.

Sie stöhnte laut, als er mit der Zungenspitze ihre Perle reizte und langsam umkreiste. Ihre Kehle war wie zugeschnürt und ihre Atmung flach. Es war ungewohnt, gefesselt und blind zu sein – natürlich hatte sie beides schon ausprobiert, aber noch nie zur gleichen Zeit.

Nicholas saugte ihre Klit zwischen die Lippen und Meg war davon überzeugt, es nicht eine Sekunde länger aushalten zu können. Sie hatte doch gerade erst gebettelt, sie konnte ihm nicht schon wieder die Genugtuung bieten, ihn anzuflehen.

Mit jedem Strich seiner Zunge wurde sie unruhiger und zappelte auf dem Tisch herum. Mehr als einmal klirrten die Handschellen gegeneinander, bis Nick schwer seufzte. Sein Mund löste sich von ihrer Scham und er schob drei Finger in Megs nassen Eingang. Sie schnappte schockiert nach Luft, während er sagte: »Wenn du nicht stillhältst, muss ich die wirklich anbinden. Möchtest du das?«

Er krümmte die Finger in ihr und erwischte den magischen Punkt, sodass Meghan ohne ihr Zutun und gegen ihren Willen zitterte. Ihre Zähne klapperten. »Nein, Sir.«

»Gut.« Nick leckte erneut über die geschwollene Knospe und fickte Meg dabei mit den Fingern, bis sie hilflos wimmerte. Doch er ließ sie nicht kommen. Jedes Mal, wenn er spürte, dass sie sich fest um ihn zusammenzog und ihm unbewusst die süße Pussy entgegenhob, wurde er langsamer. Er war gespannt, wie weit er sie treiben konnte, bevor sie einknickte. Sie war so schön und stolz, trotzdem konnte sie gegen ihr eigenes Verlangen nicht viel ausrichten.

Nick richtete sich auf und ließ seinen Blick über ihren verführerischen Körper schweifen. Seit er sie zum ersten Mal gesehen hatte, hatte er davon geträumt, sie auf diese Weise vor sich liegen zu haben. Er ließ sich Zeit damit, den Anblick in sich aufzusaugen und ihre Erregung zu genießen, während sie immer unruhiger wurde. Sie gierte nach seiner Aufmerksamkeit und war unglaublich empfänglich für die kleinsten Berührungen. Ihm war es ein Rätsel, wie es ihr bisher scheinbar nicht bewusst gewesen war, dass sie eine devote Seite hatte. Sogar eine sehr stark ausgeprägte devote Seite.

Gleichzeitig war der Gedanke, dass er der erste Mann war, der sie mit dieser Spielart vertraut machte, auf eine primitive Weise sehr befriedigend.

Er strich über ihre Brüste und kniff in die rosafarbenen Nippel. Meghan schnappte nach Luft und drückte gleichzeitig den Rücken durch. War ihr eigentlich bewusst, wie sehr sie mit ihrem Körper um mehr bettelte, nach mehr verlangte?

Sein Schwanz war längst steinhart und bereitete ihm wahre Qualen. Jedes Mal, wenn er seine Finger in ihr bewegte, zogen seine Hoden sich in Antizipation zusammen.

»Oh Gott, Nick! Bitte!«, flehte Meghan in diesem Moment und die Atemlosigkeit in ihrer Stimme erregte ihn noch mehr. So sollte sie nur für ihn klingen. Nur er wollte dafür verantwortlich sein, wenn sie sich vor Lust verzehrte und von Sinnen war.

Er senkte den Kopf und leckte einmal über die pralle Klit. Meghan zuckte dermaßen stark, dass er sie fast nicht hätte halten können. »Du darfst kommen.«

Sie schluchzte erleichtert auf und begann schon zu zittern, als er die Lippen um die Knospe schloss. Sein Saugen katapultierte sie sofort an den Rand eines Höhepunkts und er hätte ihrem kehligen Wimmern ewig zuhören können. Leider sah sein Schwanz das anders und zwang ihn dazu, die Finger schneller zu bewegen und fester zu lutschen.

Megs Orgasmus schien kein Ende nehmen zu wollen und sie bebte unter ihm, wie er sich es die ganze Zeit ausgemalt hatte.

Als sie in sich zusammensank, konnte er nicht länger warten. Er stand auf, öffnete seine Hose und ließ seinen harten Schaft herausfedern. Mit einem Lächeln nahm er Meghans weiche Schenkel und legte sie über seine Schultern. Er wollte sich so tief in ihr vergraben, wie es nur irgendwie möglich war.

Doch zuerst beugte er sich vor und löste die Augenbinde. Meghans blinzelte, bevor sie ihn mit verschleiertem Blick ansah. Nick lächelte zufrieden – genauso hatte er es sich vorgestellt. Er ließ die Augen nicht von Megs hübschem Gesicht, während er in sie eindrang. Sie fühlte sich wie heiße Seide an, umklammerte ihn so fest, dass er sich wie ein kleiner Teenagerjunge fühlte, der zum ersten Mal mit einer Frau zusammen war.

Ihre Augen verdunkelten sich, ihr Mund öffnete sich leicht, während er begann, in sie zu stoßen. Es fühlte sich vollkommen natürlich an, sodass Nicholas nicht ganz klar war, wie er so lange auf Meghan hatte verzichten können. Ihm wurde klar, dass er sie nie wieder hergeben würde. Niemals wieder.

Der Gedanke beflügelte ihn und er vögelte sie immer härter und schneller. Ihr Stöhnen animierte ihn. Er zog ihr Becken näher an die Tischkante und konnte sich nicht länger beherrschen, als Meghan zum zweiten Mal kam.

»Baby, sieh mich an«, murmelte er und versuchte, sich Meghans Anblick für immer einzuprägen. »Komm für mich.«

Ihre Pussy zog sich dermaßen eng zusammen, dass er sich einfach nicht mehr im Griff hatte und nur zwei Herzschläge nach ihr zum Höhepunkt kam.

***

Ihre Finger zitterten noch immer, als sie ihre Bluse zuknöpfte. Während sie das Gefühl hatte, völlig derangiert auszusehen, sie wagte es nicht einmal, nach ihren Haaren zu tasten, wirkte Nick, als wäre nichts geschehen. Er hatte seine Hose längst wieder geschlossen und strich sein Hemd glatt.

Meghan musste sich zweimal räuspern, bevor sie überhaupt sprechen konnte. Hatte sie wirklich dermaßen laut geschrien? In seinem Büro? Darüber durfte sie nicht zu lange nachdenken. »Wie geht es jetzt weiter?«

Nicholas grinste sie schelmisch an und wirkte dabei so vertraut, dass sie einen scharfen Stich in der Brust spürte. Warum mussten diese verdammten Hormone immer im falschen Moment zuschlagen?

»Was meinst du?«, wollte er wissen und setzte sich wieder in den Schreibtischstuhl, als wäre nichts gewesen. »Wie soll was weitergehen?«

Sie wollte sich auf dem Absatz umdrehen und aus seinem Büro stürmen, aber sie ahnte, dass er ihr lediglich eine Falle stellte. Wenn sie nun patzig antwortete, würde es sie vermutlich teuer zu stehen kommen. »Wie stellst du dir den weiteren Verlauf dieser Affäre vor? Was muss ich tun, damit du diese Farce einer Hochzeit absagst?«

Er lehnte sich zurück und verschränkte die Arme. Meg versuchte, nicht über die Größe seines Bizeps nachzudenken. »Romantik ist wohl nicht deine Stärke, Baby.«

Meghan rollte mit den Augen. »Nick, bitte.«

Mit einem Seufzen nickte er knapp. »Von mir aus. Ich habe ein kleines Häuschen auf dem Lande, wenn du mich ein Wochenende dahin begleitest, bin ich geneigt, noch einmal über die Sache mit der Hochzeit nachzudenken.«

Konnte man ein Wochenende voller Orgasmen wie die, die Nick ihr bescherte, überhaupt überleben? Meghan ignorierte das aufgeregte Gefühl in ihrer Magengegend. »Dann sagst du die Hochzeit ab.«

Er sah ihr geradewegs in die Augen. »Ja.«

Ihr ging durch den Kopf, was er nach der Hochzeitsfeier zu ihr gesagt hatte, als er sie geküsst hatte. *Es wird dich schockieren, aber ich lüge zu meinem Vorteil.* Vermutlich log er auch jetzt, aber sie war tatsächlich versucht, es darauf ankommen zu lassen. Das war wahrscheinlich nicht ihre beste Idee, doch sie hatte schon weitaus schlimmere gehabt. »In Ordnung. Wann holst du mich ab?«

7

Nick umrundete Meghan, die vor ihm auf dem Boden kniete. Sie war nackt bis auf das lederne Halsband und hatte die Beine weit gespreizt – genauso, wie er es von ihr verlangt hatte. »Was passiert mit bösen Mädchen, Baby?«, wollte er wissen.

Ihre Schultern strafften sich und er konnte deutlich den Unmut spüren, mit dem Meghan zu kämpfen hatte. Er hatte ihr oft genug angedroht, dass er sie bestrafen würde, wenn sie nicht gehorchte, und doch stellte sie alles infrage, was er ihr befahl. Sein Schwanz pulsierte hart in seiner Hose, wenn er nur daran dachte, was nun kam. Seine Fantasien hatten sich in den letzten Wochen und Monaten viel zu oft mit der Frage beschäftigt, wie sie reagieren würde, was für Geräusche sie von sich geben würde, wenn sie zum ersten Mal mit der Mischung aus Lust und Schmerz konfrontiert wurde. Die Antworten übertrafen seine kühnsten Erwartungen bei Weitem.

Meghan presste ihre Lippen so fest aufeinander, dass sie nur ein schmaler Strich waren, während sie mit sich rang, auf seine Frage zu antworten. »Böse Mädchen werden bestraft, Sir.«

»Steh auf. Ich will, dass du dich über den Bock legst.«

Das hatte er gerade schon gewollt, doch sie hatte sich geweigert. Ihr Trotz erregte nur zur Hälfte seinen Zorn, denn insgeheim sehnte er sich bereits danach, sie zu züchtigen. Allein bei dem Gedanken zuckte sein Schaft. Ihren Stolz zu bezwingen und ihre Zurückhaltung in Luft aufzulösen, bereitete ihm großes Vergnügen. Er wusste, dass es nicht mehr lange dauern würde, bis sie ihm auf Anhieb gehorchen würde und sich selbst eingestand, dass sie sich ihm unterwerfen wollte.

Widerstrebend erhob sie sich und ging mit kleinen Schritten auf den mit schwarzem Leder bezogenen Bock zu, als könnte sie auf diese Weise das Unvermeidliche herauszögern. Dieses Mal sagte sie jedoch kein Wort. Als er den Befehl zum ersten Mal ausgesprochen hatte, hatte ihre Antwort aus einem saftigen Fluch bestanden. Er würde dafür sorgen, dass dies nicht noch einmal passierte.

Als er seine Hand zwischen ihre Schulterblätter legte und sie nach unten presste, zuckte sie zusammen. Nick lachte leise. »Sag mir, dass du es nicht willst, Baby. Sag mir, dass ich aufhören soll.«

Meghan schluckte schwer und schloss die Augen, die Wange an das weiche Leder geschmiegt. »Hör nicht auf. Ich war böse.« Sie leckte kurz über ihre volle Unterlippe und Nick hatte prompt mit seiner Beherrschung zu kämpfen.

Er fesselte ihre Hand- und Fußgelenke an die vier Beine des Bocks. Die Manschetten hatte er zuvor schon dort befestigt, weil er damit gerechnet hatte, dass Meghan protestieren würde.

Sie sog scharf den Atem ein, als er ihren nackten Po streichelte und ihre Schenkel noch ein bisschen weiter spreizte.

Die Feuchtigkeit glitzerte auf ihren Labien und er konnte den Abdruck seiner Finger auf ihrer Hüfte sehen. Ihm war nicht bewusst gewesen, dass er sie so hart angefasst hatte – gleichzeitig gefiel ihm die Vorstellung, Spuren hinterlassen zu haben.

»Bekommst du leicht blaue Flecken?«, fragte er, während er die Male immer wieder mit der Fingerkuppe umrandete.

Sie nickte stumm und riss die Augen auf, als seine Hand auf ihrer Hinterbacke landete.

»Du sollst mit mir reden!«

»Es tut mir leid«, wisperte Meg. »Ja, ich neige dazu, blaue Flecken zu bekommen.«

»Hast du sie dir oft angesehen?«

Sie wandte den Kopf ab, aber er konnte sehen, wie die Röte sich in ihren Wangen sammelte. »Ja, habe ich.«

Ihre Antwort befriedigte ihn zutiefst.

Nick drehte sich um und schritt zu dem Schrank, in dem er alle Spielzeuge aufbewahrte. Er entschied sich für eine Gerte mit einem geflochtenen Griff. Meghan versuchte, ihr Entsetzen zu verbergen, gleichzeitig spürte er ihre Erregung.

Zuerst ließ er die Spitze nur über ihre Haut tanzen, an der Wirbelsäule entlang, bis zwischen ihre Pobacken. Meghan gab ihr Bestes, um entspannt zu bleiben, doch sie konnte nicht. Immer wieder spannte sie sich an, bis Nick sich vorbeugte und ihren Hals küsste.

»Alles ist gut«, versicherte er ihr und streichelte ihren Rücken. »Es wird nicht halb so sehr wehtun, wie du befürchtest.«

Er begann mit einem Schlag auf ihre Oberschenkelrückseite und sie krümmte sich zusammen.

Erleichtert seufzte sie: »Okay, das war mehr der Schreck als der Schmerz.«

Nick grinste. »Das sagst du nur so lange, bis der Teil mit der Bestrafung kommt.«

Sie erstarrte unter ihm und sah ihn zweifelnd über ihre Schulter hinweg an. »Was?«

Statt einer Antwort ließ er die Gerte zum zweiten Mal auf ihren Schenkel schnalzen. Wieder zuckte sie, doch sie schien erleichtert zu sein, dass er nicht vorhatte, ihr die Haut vom Körper zu schälen. Er wollte lediglich ihre Erregung steigern und ihr beibringen, dass sie auf ihn hören sollte.

Aus diesem Grund landete der nächste Hieb auf der exakt gleichen Stelle. Eine rote Linie hob sich von dem cremigen Weiß ab, Meg zerrte an ihren Fesseln.

»Hör auf zu zappeln, Meghan, oder deine Bestrafung fällt noch wesentlich schlimmer aus. Bisher bin ich noch viel zu nett zu dir. Es war deine Entscheidung, nicht zu gehorchen.«

Resignierend ließ sie den Kopf hängen. »Ja, Sir.«

Nick ließ sich viel Zeit zwischen den einzelnen Schlägen, da er plante, nicht zu viele zu verteilen. Er wollte Meghan weder überfordern noch verletzen, aber er wollte ihr Respekt einflößen, damit sie nächstes Mal nicht krampfhaft versuchte, die Oberhand zu behalten, wenn sie eigentlich nachgeben sollte und wollte.

Ihr leises Ächzen fuhr ihm bis ins Mark und er umrundete den Bock, legte den Finger unter ihr Kinn. »Aufmachen, Baby.«

Feurige Leidenschaft glomm in ihren Augen, als sie gehorsam ihre Lippen öffnete. Er zog den Reißverschluss nach unten und schob seinen harten Schwanz in ihren Mund.

Ihre Zunge glitt an dem Schaft entlang, entlockte ihm ein Keuchen. Am liebsten hätte er sie auf den Knien gesehen, aber sie bot auch auf dem Bock einen herrlichen Anblick. Fast schon sanft bewegte er seine Hüften vor und zurück, um sie nicht zu überfordern. Ihre warme Mundhöhle verlockte ihn mehr als alles andere, doch er hielt sich zurück. Immerhin hatte sie noch eine Bestrafung zu überstehen. Sie gehorchte noch immer nicht so, wie er es sich vorstellte. Tief schob er sich in ihren Hals, zog sich jedoch sofort zurück, als er merkte, dass sie würgen musste. Das konnten sie auch zu einem anderen Zeitpunkt noch üben.

Er nahm den Vibrator, den er außerhalb ihrer Sichtweite deponiert hatte, in die Hand und versteckte ihn hinter seinem Rücken. »Ich werde dir jetzt noch fünf Schläge verabreichen. Du wirst laut mitzählen und außerdem ist es dir nicht erlaubt, zu kommen.«

Sie hob den Kopf und der Ausdruck in ihren Augen sprach Bände. Ganz offensichtlich war sie davon überzeugt, dass er den Verstand verloren hatte. Nervös zerrte sie an den Manschetten, als er den Bock umrundete und sie ihn nicht mehr sehen konnte.

Ihr wundervolles Aroma stieg in seine Nase. Er beugte sich vor und teilte ihre Schamlippen, bevor er den Vibrator langsam in sie hineinschob. Sie gab einen überraschten Laut von sich und ahnte vermutlich jetzt, was er damit gemeint hatte, dass sie nicht kommen durfte.

Als er das Spielzeug anschaltete, konnte sie ein leises Schnurren nicht unterdrücken. Der Laut fuhr geradewegs in seinen Schwanz, der daraufhin zuckte. Obwohl er schon stahlhart war, glaubte Nick zu spüren, dass er noch weiter anschwoll. Was machte Meghan nur mit ihm?

»Bereit?«

»Ja, Sir.« Ihre Atemlosigkeit klang wie Musik in seinen Ohren.

Nick kostete den Moment voll aus. Je länger der Vibrator in ihr arbeitete, desto feuchter und bereiter würde sie sein, wenn er sie nahm. Ihre Finger krallten sich um die Tischbeine, die Knöchel traten weiß hervor, während sie gegen die aufwallende Lust ankämpfte. Der erste Hieb kam für sie völlig unerwartet.

»Eins, Sir.« Ihre Pobacken zitterten noch eine Weile nach dem Schlag.

Geduldig wartete er, bis sie sich wieder beruhigt hatte. Er streichelte ihren Po und glitt zu der Stelle, wo ihre Pussy sich eng um das Spielzeug schloss. Meghan war so unglaublich nass, was ihm bestätigte, wie empfänglich sie war.

Er hob den Arm und die Gerte sauste mit einem pfeifenden Geräusch durch die Luft.

Meghan ächzte. »Zwei, Sir.« Ihr Becken zuckte und als sie es anhob, konnte Nick die glitzernde Pfütze sehen, die ihre Nässe bereits auf dem Leder hinterlassen hatte.

Der dritte Hieb landete quer über ihre Oberschenkelrückseiten. Doch statt mitzuzählen, stöhnte sie heiser, als der Orgasmus ihren Körper durchschüttelte. Nick kniete sich hinter sie und drückte das Toy tiefer in ihre Spalte, presste mit den Fingern gegen ihre Klit, sodass der zweite Höhepunkt sich nahtlos an den ersten anschloss.

Er benetzte seinen Daumen mit ihrem Saft und umkreiste damit ihren Hintereingang.

Meg atmete tief und gleichmäßig, protestierte aber nicht. Stattdessen reckte sie ihren Po auffordernd in die Höhe.

»Hatte ich dir nicht verboten, zu kommen?«

Meg schnappte nach Luft, als die Kuppe des Daumens den engen Muskelring überwand. »Ja, Sir. Es tut mir leid, du solltest mich bestrafen.«

Sie wusste genau, was sie sagen musste, um ihn zu ködern, und Nick lachte leise. Er bewegte den Daumen vor und zurück, spürte das Vibrieren des Spielzeugs nur durch das dünne Häutchen getrennt.

»Das sollte ich wahrscheinlich. Hast du einen Vorschlag für die angemessene Strafe?« Nur um sicherzugehen, dass sie seinen ganz und gar nicht dezenten Hinweis verstand, entfernte er den Daumen und benetzte stattdessen zwei Finger, die er anschließend wieder um die verbotene Öffnung kreisen ließ.

Seine Gespielin schluckte schwer, bevor sie leise vorschlug: »Du könntest mich von hinten nehmen.«

Nick ließ seine andere Hand auf ihre Hinterbacke klatschen. »Das hatte ich ohnehin vor. Tu nicht so schüchtern, Baby. Sag, was du willst.«

»Möchtest du mich anal nehmen?«

Dieses Mal schlug er sehr viel fester zu. »Reiz mich nicht!«

Er konnte ihre Mundwinkel zucken sehen und ärgerte sich prompt, dass er sich von ihr hatte provozieren lassen.

»Bitte, Sir, fick meinen Arsch«, bat sie ihn und sorgte damit für ein weiteres Zucken seiner Latte. Er zirkelte um ihren Anus, ließ seine Finger immer wieder darüber gleiten, bis Meg sich entspannte. Die roten Linien, die sich nun kreuz und quer über ihren Po abzeichneten, erregten ihn zusätzlich. Endlich erbarmte er sich und schaltete den Vibrator ab.

Für einen kurzen Moment tauchte er seinen Schwanz in ihre nasse Pussy, bevor er die feucht glänzende Kuppe an ihrem Anus ansetzte. Als Meghan den Kopf drehte und ihn über die Schulter hinweg ansah, die Zähne in der Unterlippe vergraben, wurden alle seine Fantasien auf einen Schlag Realität. »Halt dich nicht zurück.«

Er wusste nicht, was ihm die größere Lust verschaffte: ihr heiserer Tonfall oder das hungrige Blitzen in ihren Augen. Schon ein wenig Druck reichte, damit der kleine Muskelring sich entspannte und er ihn penetrieren konnte. Sie war noch enger, als er es sich ausgemalt hatte. Heiß und eng – er war zu keinem anderen Gedanken mehr fähig.

»Das fühlt sich großartig an.« Seine Finger vergruben sich wieder einmal in ihren Hüften und musste seine ganzen Konzentration zusammennehmen, um sich nicht erbarmungslos in sie hineinzurammen.

Erst als Meghan ihn anflehte, wurde ihm bewusst, wie lange er ruhig verharrt hatte.

»Nicholas! Bitte fick mich!«, rief sie aufgebracht und wand sich unter ihm. Ihre erhitzte Haut drängte sich an seine und er kam ihrer Aufforderung nur zu gerne nach, stieß tief in sie hinein.

Jeder Stoß presste ihren Unterleib fest gegen das Leder. Die Reibung an seinem Schwanz war fast zu viel.

»Würdest du dich gern selbst berühren?« Er schlang ein paar ihrer seidigen Haarsträhnen um seine Hand und zog ihren Kopf nach hinten, zwang sie, ihn anzusehen.

»Ja«, wimmerte sie.

Nick griff nach vorne und löste die rechte Manschette. Eigentlich hatte er damit gerechnet, dass sie ihre Klit massieren würde, stattdessen schob Meghan zwei Finger tief in ihre Pussy und tastete nach seinem Schwanz. Als sie ihn unter den Fingerkuppen spürte, erschauerte sie.

Mit ihrer Hand imitierte sie seine Bewegungen und immer, wenn er in sie eindrang, zog sie ihre Finger heraus und umgekehrt. Ihr Handballen drückte gegen ihre geschwollene Perle, bis das süße Zucken sich in ihrem Unterleib ausbreitete.

Es war nicht ihre Absicht gewesen, aber sie erreichte gemeinsam mit Nick den Höhepunkt. Es passierte völlig natürlich zwischen ihnen, ohne dass sie sich bemühen mussten. Diese Art von Intimität war neu für Meghan und während sie dem Rauschen ihres Blutes in den Ohren lauschte, versuchte sie, nicht zu sehr darüber nachzudenken.

Er erhob sich, löste ihre Fesseln und half ihr, aufzustehen. Sie stand vor ihm, als völlig unerwartet ihre Beine nachgaben. Glücklicherweise war Nick da, legte seine muskulösen Arme um sie und hielt sie fest.

Meghan starrte aus weit aufgerissenen Augen zu ihm auf. Eine nicht zu stillende Sehnsucht flammte in ihr auf. Was war, wenn das Wochenende nicht reichte? Wenn es niemals genug war?

Er würde sie fallen lassen und mit einem unerreichbaren Ideal zurücklassen.

Sie öffnete den Mund, um abzubrechen, um ihm zu sagen, dass sie das hier nicht konnte, als sie unkontrolliert zu zittern begann.

Nick zögerte nicht, hob sie auf seine Arme und trug sie zum Bett. Vorsichtig, als wäre sie kostbar und zerbrechlich, legte er sie ab und breitete die Decke aus. Dann legte er sich daneben und strich über ihren Kopf.

»Das ist nur das Adrenalin. Manchmal setzt es so zeitverzögert ein. Ist alles in Ordnung?«

Stumm blinzelte sie und hoffte, dass der Kloß in ihrem Hals von alleine wieder verschwinden würde. »Klar«, rang sie sich ab und senkte die Lider. In der Erwartung, dass Nick irgendwann gehen würde, schloss sie die Augen schließlich. Doch er blieb und streichelte sie, bis sie eingeschlafen war.

8

Mit geballten Fäusten tigerte Meghan durch ihr Büro. Natürlich hatte sie nicht damit gerechnet, dass Nicholas sein Wort halten würde – aber es machte sie dennoch wütend. Ja, das Wochenende war fabelhaft und eine unglaubliche Erfahrung gewesen, doch das bedeutete noch lange nicht, dass sie direkt in seinen Besitz überging. Sie hatten vereinbart, eine Anzeige zu schalten, dass die Hochzeit abgesagt war.

Stattdessen hatte Meg an diesem Morgen die Zeitung aufgeschlagen und eine ganze Doppelseite präsentiert bekommen, auf der Nick ein exklusives Interview gab, wie er diese hübsche und einmalige Frau für sich erobert hatte.

Nicht ein Wort dieses schmierigen Artikels stimmte! Sie hatten sich nicht auf einer Party bei Freunden kennengelernt und es war auch ganz sicher nicht Liebe auf den ersten Blick gewesen. Außerdem war daneben ein Bild zu sehen, das sie beide vor dem Eiffelturm zeigte. Meghan war noch nie in Paris gewesen, das Foto war ganz offensichtlich eine Fälschung. Trotzdem hatte sie beim Lesen immer wieder die Tränen wegzwinkern müssen. Außerdem wusste sie, dass sie absolut neidisch gewesen wäre, wenn sie die Geschichte über ein anderes Pärchen gelesen hätte.

Sie war heute Morgen dermaßen aufgebracht gewesen, dass sie nicht in der Lage gewesen war, einen einzigen vernünftigen Satz zu formulieren, deswegen hatte sie Nick mit einer SMS zu sich ins Büro zitiert.

Ihre Laune wurde durch die Tatsache, dass er inzwischen eine halbe Stunde zu spät dran war, nicht gerade gebessert. Inzwischen hatte sie sich dermaßen in ihre Wut hineingesteigert, dass es ihr durchaus verlockend erschien, seine Kehle mit ihrem Brieföffner aufzuschlitzen.

Die Finger gegen ihre Schläfen gepresst, wanderte sie weiter im Kreis. »Ich werde nicht schwach werden. Ich werde nicht schwach werden. Ich werde nicht schwach werden«, flüsterte sie immer wieder wie ein Mantra.

Vermutlich hatte dieser aufgeblasene Schnösel gedacht, sie mit dem Wochenende dermaßen um den Finger wickeln zu können, dass sie ihren eigenen Namen vergaß und sich nicht mehr an die bevorstehende Hochzeit erinnerte. Doch da hatte er sich gründlich getäuscht!

Als es an der Tür klopfte, war sie kampfbereit. Doch wieder schaffte Nick es, ihre sorgsam aufgerichtete Deckung einzureißen. Denn statt seines Kopfes erschien ein riesiger Blumenstrauß im Türrahmen.

Den winzigen Moment der Unsicherheit nutzte Nick, um den Strauß wegzulegen und Meg in seine Arme zu ziehen. Mit dem Fuß trat er die Tür hinter sich zu und drängte sie zum Schreibtisch.

»Nick«, flüsterte sie. »Nicht.«

»Shh!«, murmelte er nur. »Sonst hört uns noch jemand.«

Seine Hände waren überall, schoben den Rock hob, knöpften die Bluse auf. Sie wimmerte unfreiwillig, als er vor ihr auf die Knie ging und seinen heißen Mund auf ihre Scham presste.

Meghan wusste, dass sie sich selbst betrog. Obwohl sie gewusst hatte, dass sie Nick treffen würde, hatte sie keine Unterwäsche angezogen – dabei sollte sie es ihm nun wirklich nicht so leicht machen.

Sie wühlte ihre Finger in seine Haare und war fest entschlossen, seinen Kopf nach hinten zu ziehen. Doch als er seine Zunge ausstreckte und ihre Klit anstupste, war sie verloren. Sie zog ihn enger zu sich und spreizte die Beine, den Po gegen die Schreibtischkante gelehnt. Die Haut dort war noch immer wund, weil Nick sich am vergangenen Wochenende mehr als einmal genötigt gesehen hatte, sie zu bestrafen – und sie hatte jede Minute davon genossen.

Innerhalb weniger Herzschläge hatte er ihre Lust dermaßen heftig angefacht, dass sie nicht protestierte, als er sie umdrehte und über den Tisch beugte. Hastig schob er ihren Rock höher und öffnete seine Hose.

Meghan presste die Handfläche vor die Lippen, als er mit einem harten Stoß in sie eindrang. Ihre Brüste spannten, die Nippel drängten gegen den Stoff des BHs. Seine Finger fanden ihre Knospe, rieben und massierten sie, während Megs ganze Konzentration dafür draufging, ihre Lust nicht hemmungslos herauszuschreien.

Um Himmels willen! Die Tür war ja nicht einmal abgeschlossen. Trotzdem gab sie sich ganz seinen lustvollen Berührungen hin, bis sie spürte, dass sie kurz vor dem Höhepunkt stand. Eigentlich gab es keinen Grund mehr, Nicks Regeln zu befolgen, aber sie konnte einfach nicht anders.

»Bitte, Sir«, flehte sie heiser und kaum hörbar.

Er küsste ihre empfindliche Halsseite, fickte sie härter. »Du darfst kommen.« Seine Stimme erklang dicht neben ihrem Ohr.

Seine Erlaubnis reichte, um sie über die Klippe zu katapultieren. Ihre beiden Füße standen fest auf dem Boden und trotzdem glaubte sie, sich im freien Fall zu befinden, als ihr Körper bebte.

Sie wimmerte leise mit zusammengepressten Lippen, während er in ihr zuckte und sein Sperma entlud.

Verdammt, dachte Meghan und richtete sich wieder auf. Das war so nicht geplant gewesen. Sie stützte die Hände auf die Schreibtischplatte und ignorierte das köstliche Zittern ihrer Muskeln. »Warum hast du die Hochzeit nicht abgesagt?«

Ihre Stimme klang noch immer kehlig und atemlos. Sofort ärgerte sie sich, denn nun klang die Frage viel zärtlicher, als sie es beabsichtigt hatte.

»Davon war nie die Rede.« Nick umfasste ihre Schultern und drehte sie zu sich. »Ich habe dir gesagt, dass es einen hohen Preis hat, wenn du mich zurückweist. Oder nicht?«

Wortlos starrte sie ihn an.

Er log sie einfach dreist an. Seine Dreistigkeit schien keine Grenzen zu kennen!

Sie wusste ganz genau, dass sie ihn geradeheraus gefragt hatte, ob die Heirat ins Wasser fiel, wenn sie das Wochenende mit ihm verbrachte. Er hatte ihr versprochen, sie dann aus dieser Farce zu entlassen.

»Ich will das alles nicht.« Tapfer hielt sie seinem forschenden Blick stand.

»Das ist eine ziemlich freche Lüge, Baby. Du zitterst noch immer und hast gerade mein Sperma in dir.«

Aufgebracht versetzte sie ihm eine Ohrfeige. Ihre heftige Reaktion erschrak sie selbst, doch noch mehr fürchtete sie, wie Nick reagieren würde. Was war nur los mit ihr? Sie war doch sonst für ihre starken Nerven und den kühlen Kopf bekannt. Mehr als ein Geschäftspartner hatte schon über sie geflucht, weil sie stets die Ruhe bewahrte und sich nicht zu vorschnellen Entscheidungen provozieren ließ.

Nicholas rieb seine Wange. »Schätze, das habe ich verdient. Keine Sperma-Witze mehr. Wir werden trotzdem heiraten.«

Ihr Blick fiel auf den Strauß Blumen, den er mitgebracht hatte. Einen ganzen Strauß Lilien in der Farbe Purple Prince – bei jedem anderen Mann hätte sie sich nichts dabei gedacht, dass er zufällig ihre Lieblingsblumen erwischt hatte. Bei Nicholas Parker wusste sie inzwischen, dass er nichts dem Zufall überließ. Es gab nur eine Person, die wusste, dass Meg Purple-Prince-Lilien liebte.

Neue Wut wallte in ihr auf und sie stiefelte wütend aus dem Büro. Sie musste sich sein Verhalten nun wirklich nicht gefallen lassen!

Leider fiel ihr erst im Flur auf, dass sie Nick in ihrem eigenen Büro hatte stehen lassen. Frustriert drehte sie um.

Er lehnte mit verschränkten Armen und einem charmanten Grinsen an der Schreibtischkante. Sie deutete auf die Tür. »Raus!«

Zu ihrem großen Erstaunen fügte er sich tatsächlich und nickte ihr zum Abschied zu.

Weil sie sich nicht länger im Griff hatte, schrie sie ihm hinterher: »Und du wirst diese verschissene Hochzeit absagen.«

Langsam drehte er sich zu ihr um. »Auf gar keinen Fall, Baby.«

Als er endlich weg war, sackte Meghan erschöpft in ihren Stuhl. Was sollte sie nur tun? Der Blumenduft kitzelte ihre Nase und sie beschloss, zuerst der verräterischen Ratte einen Besuch abzustatten.

***

»Wie konntest du mir nur so in den Rücken fallen?« Meghan schnappte sich Sarahs Gerte, bevor diese überhaupt verstand, was gerade geschah.

Abwehrend hob Sarah die Hände. »Leg mein Spielzeug weg, Süße, du tust dir nachher noch selbst weh.«

»Ha!«, stieß Meg triumphierend hervor. »Du fragst nicht einmal, worum es geht. Aus Anstand hättest du wenigstens versuchen können, es zu leugnen.«

Sarah spitzte die Lippen. »Die Blumen, richtig? Damit habe ich mich verraten.« Sie kam langsam näher und breitete die Arme aus, als würde sie Meghan umarmen wollen. Nur für eine Sekunde vernachlässigte sie ihre Deckung, doch das war genug Zeit für Sarah, um ihr Handgelenk mit einem überraschend festen Griff zu packen und ihr die Gerte zu entwenden.

»Besser«, seufzte sie. »Wie bist du überhaupt hereingekommen?«

»Der Portier! Weich mir nicht aus, Sarah!«

»Wo drückt denn der Schuh?« Da Sarah einfach zu der dunkelgrauen Sitzgruppe spazierte, die den kleinen Salon dominierte, blieb Meghan nichts anderes übrig, als ihr zu folgen.

Sie setzten sich und die Worte sprudelten nur so aus Meg heraus: »Er weigert sich, die Hochzeit abzusagen, obwohl er mir versprochen hat, das zu tun.«

»Willst du denn überhaupt, dass die Hochzeit ins Wasser fällt?« Wie immer schaffte Sarah es mit chirurgischer Präzision, ihren Finger genau in die Wunde zu legen.

Meg spürte, dass das Blut in ihre Wangen stieg. »Das spielt gerade überhaupt keine Rolle. Warum hast du Nick geholfen?«

»Sein Plan hat mir gefallen. Gib zu: Es war genau das, was du gebraucht hast.«

Es fiel Meghan zunehmend schwerer, auf Sarah böse zu sein, weil sie nun einmal leider recht hatte. »Ja, es hat mir gefallen. Er ist zwar ein arrogantes Arschloch, aber er weiß auch genau, was er tut.«

Sarah kicherte. »Was meinst du denn, wie oft ich Sam beschimpft habe? Ich habe mehr als einen detaillierten Plan erstellt, wie ich ihn umbringen und meine Spuren verwischen kann. Gleichzeitig habe ich mich schon lange nicht mehr so lebendig gefühlt. Du warst so unglücklich mit den immer gleichen Dates und der immer gleichen Langeweile. Als Parker das erste Mal angerufen hat, habe ich ihn eiskalt abblitzen lassen, doch nach einer Weile hat er mich weichgekocht.«

Neugierig hob Meg den Kopf. »Was meinst du damit?«

»Schätzchen, Nick geht mir schon Anfang des Jahres auf die Nerven. Er ist wirklich verdammt scharf auf dich. Als es mir zu viel wurde, habe ich kapituliert, da warst du ohnehin gerade wegen Carl frustriert. Letztlich würde wenigstens guter Sex für dich dabei rausspringen, habe ich mir gedacht.«

»Das stimmt ja auch. Aber jetzt stehe ich wie der letzte Depp da! Ich habe alles getan, was er wollte, weil ich dachte, dass er die Hochzeit absagt. Jetzt ist es nur noch eine Woche und ich werde langsam panisch. Warum quält er mich denn immer noch?«

Sarah ließ die Gerte in eleganten Schwüngen zwischen ihren Fingern hin und her wandern. Obwohl Meghan es schon unzählige Male gesehen hatte, war sie immer wieder aufs Neue fasziniert und beobachtete das Schauspiel auch jetzt. Für einen Moment vergaß sie, über ihr Problem nachzudenken.

»Was ist, wenn –« Sarah machte eine bedeutungsschwangere Pause und schnalzte mit der Zunge. »Was ist, wenn er niemals vorhatte, die Hochzeit abzusagen? Was ist, wenn es von vornherein sein Plan war, dich zu heiraten?«

»Das ist verrückt.« Geschockt starrte Meghan ihre Freundin an.

»Ist es? Männer sind verrückt – und zwar vollkommen. Überleg doch mal, es wäre der perfekte Plan. Er hat beschlossen, dass er dich heiraten will, und setzt diese verrückte Annonce nach sechs Monaten Vorbereitungen auf. Natürlich kommst du angerannt und bist bereit, alles zu tun, um das Unheil zu verhindern. In der Zeit lernt ihr euch kennen, habt Sex und Nick kann eine Entscheidung treffen.« Sarah beugte sich nach vorne und nahm die Tageszeitung vom Wohnzimmertisch, die dort zwischen der Financial Times und dem Börsenblatt gelegen hatte. Sie schlug den Gesellschaftsteil auf und studierte Nicks Interview. »Es ist geradezu genial. Hätte er festgestellt, dass ihr nicht zusammenpasst, hätte er dafür gesorgt, dass die angebliche Hochzeit sich in Luft auflöst. Da er aber offensichtlich beschlossen hat, dich für sich zu wollen, zieht er das Netz langsam weiter zu.«

Je länger Meghan über die Worte ihrer besten Freundin nachdachte, desto mehr Sinn ergaben sie. Allerdings war sie deswegen nicht unbedingt begeistert. Nicholas Parker schien den Verstand verloren zu haben. »Aber was ist, wenn es nicht funktioniert?«

»Du meine Güte.« Sarah rollte mit den Augen. »Dann bist du eben geschieden. Was ist schon dabei? Ich bin auch geschieden.«

Meghan schnappte nach Luft. »Was? Du warst verheiratet?«

»Ach, uralte Geschichte. Eine lange Nacht in Las Vegas, das absolute Klischee. Erzähl es bloß nicht Sam – wenn man es nämlich ganz streng und offiziell sehen will, bin ich nämlich immer noch verheiratet.«

»Was?«

Meg zuckte zusammen, als Sams erboste Stimme erklang. Sarahs Gesicht hingegen verlor schlagartig die gesunde Hautfarbe.

»Du bist aber früh zu Hause«, flötete Sarah mit einem leicht kratzigen Tonfall.

Sam kam mit finsterer Miene näher, die Hände in den Taschen seiner Anzughose vergraben. »Versuch es gar nicht erst.«

Sie seufzte. »Gib mir fünf Minuten, ich muss eben noch Meghan verarzten.«

»Du hast zwei Minuten«, knurrte er und wandte sich an Meg. »Wenn du Nick heiraten willst, dann tauch bei der Hochzeit auf. Wenn du nicht heiraten willst, würde ich an deiner Stelle das Land verlassen.«

Zum ersten Mal fühlte sich Meghan von Sam nicht mehr eingeschüchtert – das lag vermutlich an dem Wochenende mit Nick. Als sie den wohligen Schauer auf ihrem Rücken spürte, den die Erinnerung ausgelöst hatte, wusste sie zum ersten Mal, was sie wollte. »Aber wie stelle ich sicher, dass er nicht im letzten Moment kneift?«

»Das wird er nicht.«

Sarah erhob sich langsam und umrundete die Couch, sodass diese sich zwischen ihr und Sam befand. »Es gibt ein hervorragendes und absolut zuverlässiges Mittel, um zu testen, wie sehr er dich will.«

Meghan blickte neugierig zwischen Sam und Sarah hin und her, bevor sie voller Erkenntnis murmelte: »Eifersucht.«

»Bye, Meg. Wir telefonieren.« Sarah drehte sich auf dem Absatz um und rannte ins Schlafzimmer, die Türen warf sie hinter sich zu. Sam straffte die Schultern und seufzte. Es war deutlich zu hören, wie der Schlüssel im Schloss umgedreht wurde.

»Ich bring dich zur Tür.«

Bereitwillig ließ Meghan sich von ihm zum Fahrstuhl bringen. »Solltest du ihr nicht irgendwie hinterhergehen?«

»Zuerst rufe ich den Schreiner an und vereinbare einen Termin. Das dürfte das dritte Mal in diesem Jahr sein, dass wir eine neue Schlafzimmertür brauchen.«

»Bring sie bitte nicht um.«

Er schnaubte verächtlich. »Du solltest dir lieber Sorgen um mich machen. Aber sie hat recht. Ich denke auch, dass Parker in dich vernarrt ist, und wenn du es wirklich testen willst ...« Sam Price warf einen Blick über die Schulter zur geschlossenen Schlafzimmertür. »Eifersucht wirkt wahre Wunder.«

9

»Da vorne ist es.« Carl klang ruhig und gefasst, während er den Wagen lenkte.

Meghan erkannte die Einfahrt, als sie sich vorbeugte und die Augen zusammenkniff, um besser sehen zu können. Vermutlich war es Absicht, dass hier nicht eine einzige Straßenlaterne zu funktionieren schien. Düster ragte das Anwesen vor ihnen auf, während Carl in die Einfahrt fuhr. Es war nicht halb so schwer gewesen, eine ansprechende Sexparty zu finden und ihn davon zu überzeugen, mit ihr hinzugehen. Natürlich hatte sie ihm ein Date mit Mira aus der Buchhaltung versprochen, aber das wusste ja Nick nicht.

Ein Stich fuhr durch ihre Magengegend – seit ihrer Auseinandersetzung im Büro hatte sie nichts mehr von ihm gehört. Was sie daran am meisten störte, war die Tatsache, dass es sie überhaupt störte.

Kies knirschte unter den Reifen, während sie eine geeignete Lücke auf dem Parkplatz suchten. Ganz der vollendete Gentleman öffnete Carl ihre Tür und half ihr beim Aussteigen. Das leuchtend rote Hemd stand ihm hervorragend und mit einem leisen Seufzen wünschte Meghan sich, dass das Leben manchmal etwas einfacher wäre. Dann könnte sie sich gerade darüber freuen, mit Carl unterwegs zu sein, statt zu hoffen, dass sie gestört wurden.

In weniger als 24 Stunden sollte die fiktive Hochzeit stattfinden und es trudelten immer mehr Glückwunschkarten und Geschenke von Gästen ein, die leider nicht kommen konnte. Ihr Magen verkrampfte sich bereits bei der Aussicht, die Pakete mit einer Erklärung zurück an die Absender zu schicken.

Dankbar hakte Meghan sich an dem dargebotenen Arm ein und folgte Carl zum Eingang. Es war bei Weitem nicht ihre erste Sexparty, jedoch war sie noch nie dermaßen aufgeregt gewesen. Für einen Moment schwankte sie auf den hohen Absätzen, als hätte sie sogar das Laufen verlernt. Reiß dich zusammen, fuhr sie sich innerlich an und schenkte Carl ein Lächeln, weil er sie wortlos stützte.

Eine junge Frau in einer aufreizenden Uniform öffnete die Tür und verbeugte sich, noch bevor Carl die Gelegenheit hatte, zu klopfen. »Guten Abend und herzlich willkommen. Genießen Sie Ihren Aufenthalt.« Sie zwinkerte Meghan in eindeutiger Absicht zu.

Da nun das Licht aus dem Flur drang, Stimmen und Musik zu hören waren, wirkte das Haus längst nicht mehr so düster. Nachdem die junge Dame zur Seite getreten war, stand schon ein Page bereit, um sie zu dem privaten Zimmer zu führen, das Meg gebucht hatte.

Unten fand die Party statt, doch sie hatte sich einen Ort gewünscht, an den sie sich zurückziehen konnte, während Carl sich mit Mira traf. Es war nun wichtig, dass sie zusammen beim Betreten des Hauses gesehen wurden, damit Nicholas Parker davon erfuhr.

Die Eingangshalle war prunkvoll eingerichtet und Meghan ertappte sich bei dem Gedanken, dass sie sich durchaus vorstellen konnte, hier noch einmal mit Nick hinzugehen.

Zwei große Marmortreppen führten am Ende des Saales nach oben in die erste Etage. Das funkelnde Licht der Kronleuchter spiegelte sich hundertfach auf dem polierten Boden.

Meghan tastete sich an der Wand entlang, denn es war ihr nicht geheuer, dass die breite Treppe an der Seite offen war und kein Geländer besaß. Das war sicher praktisch, wenn man in einem opulenten Ballkleid elegant die Stufen herabschreiten wollte, aber bei ihrer Nervosität und den hohen Absätzen wollte sie es nicht riskieren, nach unten zu stürzen.

Die teure Eleganz setzte sich auch in der Suite fort. Die Zimmerdecke war absurd hoch und mit barocken Schnörkeln verziert, auch hier hing ein Kronleuchter. Es musste ein Albtraum sein, in diesem Gemäuer Staub zu wischen.

Carl war noch nicht über die Schwelle getreten. »Ich besorge uns erst einmal etwas zu trinken.«

Dankbar lächelte Meghan. »Mach das.«

Nachdem die Tür hinter ihm ins Schloss gefallen war, bewunderte sie das riesige Bett. Es war aus Holz und schwarz-glänzend lackiert. Die wuchtigen Pfeiler machten den Eindruck, als seien sie geschaffen worden, um die Ewigkeit zu überdauern. Die unzähligen Ösen, die überall angebracht waren, ließen keinen Zweifel zu, wofür die gedacht waren.

Meghan näherte sich dem Bett, ihre Absätze hallten laut auf dem Boden. Hier lag kein Teppich, nur nackte Fliesen.

Ihr Herz klopfte schneller und ihr wurde warm, als sie ihren Finger in eine der Ösen hakte und sich vorstellte, was man damit alles anfangen konnte.

Hinter ihr öffnete sich die Badezimmertür und sie erstarrte.

»Was glaubst du eigentlich, was du hier tust?« Nicks Stimme klang eiskalt.

Ihr Puls schoss so schnell in die Höhe, dass ihr schwindelig wurde. »Was meinst du?«, fragte sie unbekümmert, wagte es aber nicht, sich umzudrehen.

»Ich schätze es nicht, wenn meine Verlobte mit anderen Männern Sexpartys besucht.«

Langsam drehte sie sich um, lehnte sich mit dem Rücken gegen einen der Pfosten, die Hände hinter dem Rücken verschränkt. »Woher weißt du überhaupt, dass ich hier bin?«

Mit schnellen Schritten war er bei ihr. Seine Hände umfassten ihr Gesicht, mit dem Körper presste er sie gegen das unnachgiebige Holz. Sie konnte seine vibrierende Wut fühlen.

»Du solltest besser nicht eine Sekunde lang glauben, dass ich nicht zu jeder Zeit weiß, wo du bist, was du machst und mit wem. Du gehörst zu mir, Baby, und zu niemandem sonst.«

Er küsste sie besitzergreifend, presste seine Lippen auf ihre und eroberte ihren Mund. Nick war rau, ungestüm und verlangend. Seine Zunge neckte ihre, lud sie zu einem sinnlichen Tanz ein.

Atemlos wand Meghan sich in seinen Armen, während er sein Knie zwischen ihre Beine schob und sie damit nahezu bewegungsunfähig machte.

»Sag, dass es dir leidtut und du mit zu mir kommst«, forderte er sie auf. Ein gefährliches Funkeln lag in seinen Augen.

Sie war unsicher, wie weit sie ihn treiben konnte. Flüchtig überlegte sie, was Sarah in ihrer Situation tun würde. Nervös leckte sie sich über die Unterlippe und bemerkte, dass er jede ihrer Bewegungen verfolgte, als wäre er süchtig nach ihr.

»Nein. Es tut mir nicht leid und ich werde nicht mit dir kommen. Außerdem werde ich dich nicht heiraten. Es sei denn ...«

Nick raufte sich die Haare. »Es sei denn was?«

»Es sei denn, du zwingst mich dazu.« Mühelos hielt sie seinem Blick stand.

Er blinzelte einmal, dann ein weiteres Mal, bevor er sie einfach packte und über seine Schulter warf. »Dein Wunsch sei mir Befehl!«

Des Anstands halber trommelte sie mit den Händen auf seinen Rücken. »Nick, das war nicht ernst gemeint! Lass mich runter!«

Doch Nicholas dachte nicht einmal daran. Er trug sie in den Flur und begann, die Stufen hinunterzusteigen.

»Parker!«, fauchte Meg. »Was ist denn mit Carl?« Ihr war wieder eingefallen, dass sie nicht alleine gekommen war. Sie musste ja wenigstens vorgeben, an Carl interessiert zu sein.

Leider hatte ihre Frage nicht den gewünschten Effekt, denn er beschleunigte lediglich seine Schritte. »Carl weiß Bescheid.«

Da gab sie auf und ließ sich bereitwillig zu seinem Auto tragen. Der Porsche stand nah an der Eingangstür und Nick verfrachtete sie persönlich auf den Beifahrersitz und schnallte sie eigenhändig an, bevor er selbst einstieg.

Als er den Motor startete, stieg Meghans Aufregung. Er würde sie bestrafen – daran bestand kein Zweifel. Aber was war morgen? Sicherlich würde er vor der Hochzeit kalte Füße bekommen und sie stehen lassen. Damit wäre sie das Gespött aller Leute. Ihre Gedanken wurden unterbrochen, als er ihre Finger nahm. Sie hatte unruhig auf der Ablage getrommelt.

»Nervös?«, fragte er belustigt.

Sie rümpfte die Nase und wandte das Gesicht ab.

Er legte die Hand auf ihren Oberschenkel und strich langsam nach oben, bis Meghan die Schenkel zusammenpresste. Ihr Herz schlug ganz hinten in ihrer Kehle und allein seine Nähe reichte, um sie zu erregen.

»Nicht«, bat sie und wollte seine Finger wegschieben.

Sein Griff wurde schlagartig so fest, dass sie erschrocken aufschrie. »Spreiz die Beine!« Nicks Tonfall war so unnachgiebig, dass er Stahl hätte schmelzen können, und Meghan wagte es nicht, Ungehorsam zu zeigen.

Doch das Prickeln in ihrem Unterleib konnte sie nicht ignorieren. Die Vorfreude auf ihn, die Frage, was er wohl mit ihr machen würde, ließ die Glückshormone durch ihre Blutbahn tanzen.

Nick strich mit den Fingerkuppen über ihre Haut, ganz langsam immer weiter nach oben. Ihre Nippel wurden hart. Als er ihre Nässe berührte und die Schamlippen teilte, schnappte sie nach Luft und rutschte unruhig auf dem Sitz umher.

Er drang nicht tief in sie ein, vielleicht bis zum zweiten Fingerglied, aber für sie fühlte es sich wie ein verruchter Vorgeschmack an. Ihr war bewusst, dass er sie lediglich reizen und quälen würde, ohne ihr hier im Wagen Erleichterung zu verschaffen, aber sie würde nehmen, was sie bekommen konnte, bevor morgen alles vorbei war.

Geschickt reizte er ihre Klit, bis Meghan kehlig seufzte. Warum war er nur dermaßen geschickt und wusste genau, wie er sie berühren musste? Dann zwickte er ihre Perle und sie schrie auf, ihr Unterleib zuckte auf dem ledernen Sitz. Nick zog seine Hand zurück und führte sie unter die Nase, inhalierte ihren Duft. Sie war froh, dass er in der Dunkelheit vermutlich nicht erkennen konnte, wie rot ihre Wangen vor Verlegenheit geworden waren.

»Wir sind da.« Seine Worte holten sie in die Gegenwart zurück. Tatsächlich standen sie vor dem Gebäude, in dem Nick wohnte, und sie konnte nicht einmal sagen, seit wann der Wagen stand oder wie lange die Fahrt gedauert hatte. Ihre Kehle war trocken und wie zugeschnürt.

»Noch kannst du mich gehen lassen«, stieß sie hervor.

Wortlos stieg er aus, umrundete das Auto und öffnete ihre Tür. Nick griff nach ihrer Hand und zog sie hoch, bis sie vor ihm stand. »Ich werde dich niemals gehen lassen.«

Bevor sie Zeit für eine angemessene Antwort hatte, zog er sie mit sich, sodass sie hinter ihm ins Haus stolperte. Der Portier hielt ihnen mit stoischer Miene die Tür auf und Nick tippte seinen Code für den privaten Aufzug ein.

Ängstlich legte sie ihm die Hand auf die Brust. »Was hast du vor?«

Er schob sie in die Kabine. »Bevor oder nachdem ich dich bestraft habe?«

Sie konnte nicht glauben, dass sie darauf wirklich antwortete: »Nachdem.«

»Lass dich überraschen.«

Viel zu schnell war der Lift nach oben geglitten und hielt mitten in Nicks Penthouse. Er stand dicht hinter ihr, als die Türen aufglitten und sie konnte seine Erektion spüren, die sich an ihren Po presste.

Da es ohnehin schon unvernünftig war, sein Spielchen mitzumachen, konnte sie auch gleich ganz einsteigen. Mit einer winzigen Bewegung drückte sie ihr Becken nach hinten und rieb sich an seiner Latte, bis er ihre Arme packte und sie festhielt.

»Wenn du so weitermachst, werde ich dich gleich einfach ficken.«

Der Satz allein ließ ihre Säfte fließen. »Wer hindert dich?«

Er drehte sie zu sich um und fuhr mit dem Daumen an ihrer Unterlippe entlang, bevor er sich vorbeugte und daran saugte.

Ihre Knie wurden weich und sie schloss die Augen. Seine Hände umfassten ihre Pobacken und kneteten sie so fest, dass es Meghan nur noch mehr erregte.

Nick dirigierte sie ins Schlafzimmer und zog den Reißverschluss ihres Kleides nach unten. Mit einer Bewegung ihrer Schultern fiel der Stoff und sie stand nackt in High Heels vor ihm.

Das aufregende Prickeln in ihrem Unterleib verstärkte sich, als sie den Bock im Raum stehen sah, den sie aus dem Ferienhaus kannte.

Sie hörte, wie er seine Hose öffnete, bevor sie seine heiße Länge an ihrer Haut spürte. Er legte die Hände um ihre Brüste und rieb ihre Nippel zwischen Daumen und Zeigefinger.

Sein Atem kitzelte sie, als er neben ihrem Ohr murmelte: »Es hat mir einfach zu sehr gefallen, dich darüber zu legen und mich an dir zu vergehen.«

Seine Worte ließen eine heiße Welle der Lust durch ihren Schoß rollen und sie erzitterte. Die ersten Tropfen ihrer Nässe rannen an ihren Schamlippen nach unten und verrieten ihre Erregung.

Unsanft drückte Nick sie nach unten, bis sie mit dem Bauch auf dem Leder lag. Er fesselte sie so, dass sie gezwungen war, ihm ihren nackten Arsch zu präsentieren. Widerwillig zappelte Meg, als seine Hand auf ihrer Pobacke landete. Gleich zehnmal schlug er fest hintereinander zu, bevor er in ihre Haare griff und ihren Kopf nach hinten zog.

»Du wirst nie wieder mit einem anderen Mann ausgehen. Schon gar nicht auf eine solche Veranstaltung. Habe ich mich klar ausgedrückt?«

»Ja, Sir.«

Er ließ sie los und zog ihre Labien auseinander, sie spürte seinen Penis an ihrem Eingang, bevor er mit einem harten Stoß in sie eindrang und sie regelrecht aufspießte. Sie ließ den Kopf hängen und gab sich ihm hin, während er sie viel heftiger als sonst nahm, sie seine Wut tatsächlich spüren ließ. Trotzdem stieg ihre Erregung immer höher und sie stöhnte lüstern.

Hart und ruppig fickte er sie, bei jedem Stoß rieb ihre geschwollene Perle über das kühle Leder, bis Meghan den Orgasmus schon erahnen konnte. Sie ließ sich von Nicks Lust mitreißen und kam zuckend unter ihm.

Es war so überwältigend, dass sie nicht einmal daran dachte, ihn um Erlaubnis zu bitten. Seine Finger gruben sich tief in ihre Pobacken, während er immer schneller zustieß. Schneller und wilder, bis sie ihn in sich zucken spürte.

Nick stand auf und seine Schritte entfernten sich. Meghan wartete, bis ihre Atmung sich beruhigt hatte, und lauschte in den Raum. Sie hörte nichts. Falls Nicholas da war, gab er kein Geräusch von sich.

Nach einer Weile wurde sie nervös. »Nick?«

»Ja?«

Seine Stimme kam von hinten und sie versuchte, über die Schulter zu sehen. Er stand im Türrahmen, das Licht schien hinter ihm herein, weshalb sie seinen Gesichtsausdruck nicht sehen konnte.

»Machst du mich los?«, bat sie.

Er lachte leise. »Nein. Ich bin noch nicht fertig mit dir.«

Bevor sie sehen konnte, was er in den Händen hielt, legte er die Gegenstände weg und schlang das schwarze Seidentuch um ihren Kopf, das sie schon kannte. Sie kämpfte gegen ihre Nervosität an, mehr schlecht als recht.

Etwas Kühles tropfte auf ihren Anus, sie kniff erschrocken die Pobacken zusammen, verteilte das Gleitmittel damit nur noch mehr. Sie versuchte, sich zu entspannen, nicht zu sehr nachzudenken, als ein unnachgiebiger Gegenstand gegen ihren Hintereingang drückte. Als sie ruckartig zusammenzuckte, lacht Nick nur.

Meg stöhnte, als der Buttplug den Widerstand überwand und in ihren Anus rutschte. Nicholas kannte keine Gnade und tastete nach ihrem Kitzler, der von dem vorangegangenen Höhepunkt noch empfindlich war. Die Berührung lenkte sie zwar von dem Brennen ab, war aber nicht wirklich angenehm.

»Bitte, Nicholas, es tut mir leid.«

Statt einer Antwort küsste er ihre Schulter.

Sie spürte seine Körperwärme vor ihrem Gesicht, als er ihren Kopf umfasste. Instinktiv sperrte sie den Mund auf. Er strich mit der Eichel über ihre Unterlippe, verteilte den ersten Lusttropfen darauf, bevor er seinen halb erigierten Schwanz hineinschob. Sie schmeckte sich selbst und spürte stolz, dass er durch ihre Liebkosungen bereits weiter anschwoll.

Er gönnte sich ein paar Stöße, bevor er sich zurückzog und sie langsam umkreiste. Meghan wurde immer unruhiger, weil er nicht mit ihr sprach. Sie konnte sich nicht einmal ausmalen, was er wohl mit ihr anstellen wollte. Die berauschende Mischung aus Angst und Erregung spülte durch ihren Körper.

Sie wimmerte, als er sich erneut hinter sie kniete und seinen Schwanz in sie schob. Durch den Buttplug war sie unglaublich eng, er musste mit der Hand nachhelfen, um ganz in sie dringen zu können. Bei jeden Stoß schlugen seine Hoden gegen ihre empfindsame Klit und schon bald stöhnte Meg wieder.

Sie war Nick und seinen perfiden Spielchen hilflos ausgeliefert – und genoss jede Sekunde davon.

Er keuchte hinter ihr, stieß so hart zu, dass sie froh war, gefesselt zu sein. Seine Hand glitt um ihren Körper, bis er die feuchte, geschwollene Perle ertasten konnte und dagegendrückte. Sie spürte, wie ihr Schließmuskel sich rhythmisch um den Plug zusammenzog, und konnte sich nicht länger beherrschen. Mit einem lauten Schrei erreichte sie den zweiten Höhepunkt.

»Sag meinen Namen«, forderte Nick und hämmerte regelrecht in sie hinein.

»Nick!«, stöhnte sie. »Oh Gott! Das ist so gut, hör nicht auf, Nick.«

Er verbarg das Gesicht an ihrem Nacken und spritzte sein Sperma in sie.

Zufrieden sackte sie zusammen.

Zu ihrer Erleichterung löste er dieses Mal die Fesseln, entfernte den Buttplug und trug sie zum Bett. Sie schmiegte sich an seine breite Brust. Bei ihm fühlte sie sich so sicher. Zwar hatte sie keine Ahnung, was der morgige Tag bringen würde, aber sie würde es schon überleben.

Nicholas breitete die Decke über ihr aus, dann setzte er sich auf die Bettkante, an ihre Seite. Er tastete nach ihrem Handgelenk und sie dachte, er würde Händchen halten wollen, stattdessen klickte eine Handschelle. Entsetzt riss Meghan den Arm hoch, doch Nick war viel stärker, er zwang die Hand nach hinten zum Bettrahmen, wo er die andere Schelle befestigte.

Es klapperte, als Meghan versuchte, sich zu befreien. »Was soll das?«

Er stand auf und sah lächelnd auf sie hinunter. »Wir heiraten morgen, Baby. Ich gehe nur sicher, dass du heute Nacht nicht davonläufst. Außerdem schlage ich vor, dass du jetzt schläfst. Morgen wird bestimmt aufregend.«

Fassungslos sah sie zu, wie er auf die Tür zustrebte. Sein knackiger Hintern lenkte sie für einen Moment ab, dann schüttelte sie unwillig den Kopf.

»Nicholas Parker! Wo willst du hin?«

»Ich schlafe auf der Couch. Ich habe viel zu viel Angst, dass du mich im Schlaf erdrosselst.« Damit schloss er die Tür und Dunkelheit ergoss sich über sie.

Meinte er das ernst? Wollte er die Hochzeit wirklich durchziehen? Das durchkreuzte all ihre Pläne. Es bestand noch immer die Möglichkeit, dass sie kalte Füße bekam und fliehen wollte. Frustriert ließ sie die Handschellen klirren – aber das würde heute Nacht wohl nicht passieren ...

10

Meghan hatte unruhig geschlafen, denn jedes Mal, wenn sie sich hatte umdrehen wollen, war sie durch die Handschelle geweckt worden. Sie war inzwischen bereit, Nicholas Parker den Schädel einzuschlagen, falls er genug dumm sein sollte, sich ihr zu nähern.

Die Zimmertür öffnete sich mit einem leisen Quietschen, doch sie stellte sich schlafend, weil sie noch keine Lust hatte, sich mit Nick auseinanderzusetzen. Er marschierte herein, als würde ihm die Welt gehören. Nachdem er die Vorhänge aufgezogen und das Sonnenlicht hereingelassen hatte, fragte er: »Wie hoch ist dein Verlangen, mich umzubringen?«

Sie lächelte zuckersüß. »Komm her und finde es heraus.«

Er legte den Kopf nach hinten und lachte. »Du bekommst keinen Kaffee, wenn du nicht zulässt, dass ich dich befreie.«

»Kaffee ist überbewertet.« Meghan funkelte ihn an und fragte sich, warum er noch nicht tot umgefallen war.

Nicholas schien sich nicht wirklich angemessen vor ihr zu fürchten, denn er kam unbeeindruckt näher und setzte sich wie schon gestern Abend auf die Bettkante. Als er seine Hand auf ihre Hüfte legte, wollte sie von ihm wegrücken, doch die Handschelle behinderte sie.

Mit einer schnellen Bewegung zog er ihr die Decke weg und warf sie außer Reichweite. Meghan lag nackt vor ihm, ihre Brüste hoben und senkten sich verführerisch bei jedem Atemzug. Sie versuchte gar nicht erst, sich zu bedecken, weil sie wusste, dass es ihm gefallen würde.

»Ich muss gestehen, dass ich dir wirklich einen Kaffee anbieten wollte, aber da du jetzt so hilflos vor mir liegst, kommen mir ganz andere Ideen in den Sinn.« Sein Blick glitt über ihren Körper und als sie empört nach ihm schlagen wollte, fing er ihren freien Arm mühelos in der Luft ab und drückte ihn neben ihren Kopf in die Matratze. Als er sich vorbeugte und der Stoff seines Morgenmantels auseinanderklaffte, erkannte Meghan, dass er nichts darunter trug.

»Die Trauung ist erst um 15 Uhr, wir haben also noch jede Menge Zeit. Du bist einfach zu verlockend.«

Hilflos wand Meg sich unter ihm, bäumte sich auf und versuchte, ihre Hand zu befreien, doch Nick hielt sie unten, als würde sie es gar nicht wirklich versuchen. »Nimm die Finger von mir!«

»Ich denke nicht einmal im Traum daran.« Er senkte den Kopf und küsste sie atemlos, bevor er aus der Tasche seines Morgenmantels ein zweites Paar Handschellen zog.

Meghans Lippen prickelten und in ihrem Unterleib breitete sich eine verdächtige Hitze aus. »Ich sehe schon, du bist unglaublich spontan.«

Sein entwaffnendes Lächeln lenkte sie kurz ab, während er nun auch die andere Hand an das Kopfteil des Bettes fesselte. Mit den Finger strich er über ihre Kehle, die Schlüsselbeine und ihre Brüste. Mit den Knöcheln streifte er die Unterseite ihrer Titten, sodass ihre Nippel sich aufgrund der erregenden Berührung fest wie kleine Kiesel zusammenzogen. Sie wollte gar nicht reagieren, aber ihr Körper gehorchte ihr nicht.

»Vielleicht üben wir schon einmal für später. Wie lautet die richtige Antwort?«, neckte Nick sie und glitt mit seiner Hand weiter nach unten, bis sie auf ihrem Venushügel lag. Sein Mittelfinger rutschte zwischen ihre Schamlippen, seine Augen blitzten triumphierend auf, als er die verräterische Nässe erreichte.

Verwirrt hob sie den Kopf und sah ihn fragend an. »Ich verstehe nicht, was du meinst.«

Er küsste ihren Bauch, bevor er seine Zähne in ihrer Seite vergrub. Meghan schrie auf und bockte unter ihm, als wäre sie ein Wildpferd, das versuchte, den Reiter abzuwerfen. Nick reagierte darauf, indem er sein Bein über ihres legte und sie damit in die Matratze presste.

»Später wird es eine nette kleine Zeremonie geben, bei der du gefragt werden wirst, ob du meine Frau werden willst, und dann möchte ich die richtige Antwort hören.«

Dabei übte er leichten Druck auf Megs Klit aus, ließ die Erregung steigen.

»Nein, ich will nicht«, keuchte sie.

Nick nahm seine Hand weg und schnalzte mit der Zunge. Als er den Kopf senkte und einen Kuss zwischen ihre Brüste hauchte, begann sie zu zittern, denn sie ahnte bereits, dass er sie wieder beißen würde.

»Warum eine kleine Zeremonie?«, fragte sie, um ihn abzulenken. »Ich dachte, du hast die halbe Stadt eingeladen.«

»Das habe ich auch. Aber nur, um meinen phänomenalen Fang zu feiern. Die Trauung ist für mich eine private Angelegenheit, da sind nur ganz enge Freunde eingeladen. Da ich nicht plane, mir die Blöße zu geben, auf meiner eigenen Hochzeit ohne Braut aufzutauchen, üben wir die Antwort noch einmal. Was wirst du sagen?«

Sein Mund schwebte dicht an ihrem Hals und sie fragte sich, ob er sehen konnte, wie ihr Puls jagte. Konnte es stimmen? Wollte er sie wirklich heiraten?

»Nein.«

Sie zuckte zusammen, als er seine Zähne in ihrer empfindlichen Brustwarze vergrub. Er hatte sich so schnell bewegt, dass sie es nicht hatte kommen sehen und sich mehr um ihre Kehle gefürchtet hatte.

Seine Hand bedeckte ihre Scham, er schob zwei Finger in ihre Pussy und massierte mit dem Ballen ihre Klit. »Was wirst du antworten?«

Unwillkürlich spreizte sie die Beine. »Nein.«

Ohne das Spiel seiner Finger zu unterbrechen, schlug er mit der anderen Hand auf die empfindliche Innenseite ihrer Schenkel. Der Schmerz breitete sich wie Feuer rasend schnell aus. Das Wimmern erstarb auf ihren Lippen, als Nick seinen Mund auf ihre Scham presste und an ihrer Perle saugte. Gefangen zwischen Lust und der Angst vor weiteren Attacken, zitterte sie unter ihm.

Zielstrebig leckte er sie, bis sie kurz vor einem Höhepunkt stand, dann zog er sich vollkommen von ihr zurück und stand auf. Neben dem Bett blickte er auf sie hinunter.

Sie hatte ihre Muskeln nicht mehr im Griff und ihre Zähne klapperten unkontrolliert. Nick öffnete seinen

Morgenmantel, sein erigierter Penis ragte steil in die Luft und er umschloss ihn mit seiner Hand.

Neidisch biss Meg sich auf die Unterlippe – sie wollte ihn auch berühren, stattdessen war sie dazu gezwungen, mit anzusehen, wie er sich selbst berührte, während in ihrem Schoß ungestilltes Verlangen mit voller Kraft wütete. Hilflos presste sie die Schenkel zusammen und wünschte, sich selbst Erleichterung verschaffen zu können.

»Wir üben das, bis ich die richtige Antwort höre«, kündigte er an. Seine Stimme umhüllte sie wie ein warmer Kokon, gleichzeitig jagte das Versprechen einen Schauer über ihren Rücken. Sie wusste nicht, wie spät es war – möglicherweise hatte er vor, sie stundenlang kurz vor der Erlösung zappeln zu lassen. Dass sie das nicht durchhalten würde, ahnte sie bereits jetzt.

Nick wandte sich ab und ging zu dem Schrank, in dem er die Spielzeuge und Schlaginstrumente aufbewahrte. Meghan schluckte schwer, als er mit einer Spreizstange zurückkehrte. Obwohl sie versuchte, ihm die Beine zu entziehen, packte Nick sie und schlang die ledernen Manschetten um ihre Knöchel.

Die Karabinerhaken schnappten zu und Meg konnte ihre Schenkel nicht mehr schließen – sie waren sie so weit gespreizt, dass ihre Schamlippen aufklafften und ihm den ungehinderten Blick auf ihre pinkfarbene Pussy boten.

»Bitte nicht«, flehte sie, als er sich ans Fußende des Bettes kniete und langsam mit seinen Lippen an ihrem Bein nach oben glitt.

»Du musst nur die magischen Worte sagen.«

Tief drang er mit seiner Zunge in sie, kostete ihren Geschmack und ließ sich alle Zeit der Welt dabei. Neckisch stupste er mit der Zungenspitze gegen ihren Kitzler. Meghan hatte sich nie zuvor dermaßen hilflos gefühlt und gleichzeitig bemerkte sie, dass ein Teil von ihr es genoss, sich auf diese Weise beherrschen zu lassen.

Während Nick ihre Perle umkreiste und immer wieder kurz an ihr lutschte, schob er den Zeigefinger zwischen ihre Pobacken. Er jagte einen sensationellen Schauer durch ihren Körper, als der Finger sich seinen

Weg durch den engen Muskelring bahnte und in sie eindrang.

Jeder Strich seiner Zunge trieb sie weiter an, ließ sie stärker zittern, doch immer wenn sie glaubte, gleich so weit zu sein, hörte er einfach auf. Sie schluckte verzweifelt mehrfach schwer hintereinander. »Nick, bitte!«

Statt einer Antwort bewegte er seinen Finger in ihr und schickte eine weitere heiße Welle der Lust durch ihren Schoß. Sie bäumte sich auf und endlich setzte das erlösende Zittern ein, als er abrupt aufhörte. Wieder erhob er sich vom Bett und sie starrte ihn fassungslos an.

Ihre Muskeln verkrampften sich und sie ächzte leise, fühlte sich leer und sehnte sich danach, ihn zu spüren. Er streichelte ihre Brüste, kratzte mit den Nägeln sacht über ihre Nippel.

Das Pulsieren ihrer Pussy brachte sie beinahe um den Verstand. »Okay«, murmelte sie.

Seine Hand verharrte, wo sie war, und er starrte sie intensiv an. »Sag es«, forderte er raus. Sein harter Schwanz zuckte.

»Ja, ich will«, murmelte Meghan und wunderte sich, dass es gar nicht schmerzhaft war, die Worte auszusprechen.

Sie stöhnte, als er sich über sie beugte und seinen Kopf zwischen ihren Schenkeln vergrub. Es war fast, als könnte sie sein triumphierendes Lächeln an ihrer feuchten Scham spüren. Nick saugte ihre Perle in seinen Mund, leckte darüber, drückte mit der Zunge dagegen, während ihr Keuchen den Raum erfüllte. Als sie kurz davor war, stoppte er, richtete sich auf und schlug mit der flachen Hand auf ihre Spalte. Sie bäumte sich auf, zuckte wild und schrie empört seinen Namen.

»Ich will es noch einmal hören!«

Die Augen fest zusammengepresst, ließ Meghan frustriert ihr Becken sinken. »Ich will dich heiraten, verdammt!«

Sofort waren seine Lippen wieder auf ihr, seine Zunge an ihr, er leckte, lutschte und saugte, bis der Orgasmus sie überrollte. So laut hatte sie beim Sex noch nie geschrien. Die Hitze wogte durch ihren ganzen Körper, ihre Nerven vibrierten, ihr Hals fühlte sich wund an. In der hintersten Ecke ihres Verstands wurde ihr bewusst, dass sie seinen Namen ziemlich oft gerufen haben musste.

Doch Nick ließ ihr keine Zeit für Scham, er saugte einfach weiter. Die Spreizstange verhinderte, dass sie die Schenkel schließen und sich dieser viel zu intensiven Liebkosung entziehen konnte. Gerade als sie glaubte, es nicht weiter ertragen zu können, riss der nächste Höhepunkt sie mit sich.

Als Nick die Stange zwischen ihren Beine anhob, bemerkte Meghan zum ersten Mal den Haken unter die Zimmerdecke. Er würde doch nicht ...

Ihr Mund öffnete sich überrascht, als er die Spreizstange mit einer geschickten Bewegung befestigte, sodass ihr Hintern ein kleines Stück von der Matratze gehoben wurde.

Nun war sie noch besser zugänglich und er konnte mit ihr machen, was er wollte. Sie hätte seinen harten Stößen nichts entgegenzusetzen und wäre ihm vollkommen ausgeliefert.

Nicholas schenkte ihr ein teuflisches Grinsen, als er zwei Finger in ihre feuchte, enge Öffnung schob und sie krümmte. Er wusste genau, wie er sie anfassen musste, und rieb immer wieder über den magischen Spot, bis sie unter ihm bebte. Er wollte, dass sie so feucht und bereit für ihn war wie nie zuvor. Meghan sollte nur noch an ihn und die Lust, die er ihr schenkte, denken.

Obwohl sie nicht gedacht hatte, dass es möglich war, schob sie Nick ihren Unterleib entgegen, als er seinen Mund auf ihre Scham presste. Ihre Feuchtigkeit benetzte seine Finger, sie konnte das Schmatzen hören, das jedes Mal ertönte, wenn er sie bewegte.

Es dauerte zu ihrer Überraschung nicht lange, bis sie erneut kam. Sie zuckte noch unter den Nachwehen, als er sich aufrichtete, seinen Schwanz in die Hand nahm und in sie stieß.

Mit langen, harten Bewegungen fickte er sie und beugte sich vor, um an ihren Nippeln zu saugen.

Nick hatte ihren köstlichen Geschmack auf seiner Zunge und konnte gar nicht genug davon bekommen, wie sie wimmerte und ihn um immer mehr anflehte. Lange würde er sich nicht mehr zurückhalten können.

Seine Finger vergruben sich in ihrer Taille, während er sich ein letztes Mal tief in sie hineinrammte. Es reichte, um sie mit sich über die Klippe zu zerren. Meghan schluchzte und es war das süßeste Geräusch, das er jemals gehört hatte.

Er griff nach oben, um ihre Fußgelenke zu befreien, bevor er sie mit seinem großen Körper bedeckte. Sie schmiegte die Wange an seine Brust und lauschte seinem galoppierenden Herzschlag.

»Ich will«, flüsterte sie dabei. »Aber ich habe nichts zum Anziehen.«

Nick lächelte an ihrem Haar und schloss zufrieden die Augen.

***

Meghan tupfte zum hundertsten Mal die Tränen aus ihren Augenwinkeln. »Ich kann nicht glauben, dass du das perfekte Kleid für mich gefunden hast.«

Sarah rollte mit den Augen und tätschelte ihre Hand. »Freu dich lieber, dass du den perfekten Mann gefunden hast. Die ordentliche Frisur täuscht nicht darüber hinweg, dass du ziemlich durchgefickt aussiehst.«

Eigentlich wollte Meghan einen empörten Blick ins Sarahs Richtung werfen, doch als sie den Kopf drehte, hielten Nicks Augen sie auf. Er saß mit Sam auf der gegenüberliegenden Bank, während sie durch die Stadt rollten.

Vermutlich hätte sie in Panik geraten sollen, doch Nicks Lächeln sorgte für ein warmes Flattern in ihrer Magengegend und sie erwiderte es. Sie griff nach Sarahs Finger und drückte sie beinahe schmerzhaft fest. »Oh Gott! Ich heirate gleich.«

Ihre beste Freundin gab ein würgendes Geräusch von sich. »Na, da sind wir schon zwei.«

Obwohl ihr vor Aufregung langsam übel wurde, kicherte Meghan. »Ich kann immer noch nicht glauben, dass du tatsächlich zu einer Doppelhochzeit zugestimmt hast.«

»Von zustimmen kann gar keine Rede sein. Ich bin überrannt und überstimmt worden«, knurrte Sarah leise und funkelte Sam böse an. Er grinste nur breit und tuschelte weiter mit Nick.

»Ich bin überrascht, dass du überhaupt sitzen kannst, nachdem Sam herausgefunden hat, dass du verheiratet warst und ihm nichts davon gesagt hast.«

»Hättest du aufgepasst«, belehrte Sarah sie, »wäre dir aufgefallen, dass ich mich sehr, sehr langsam hingesetzt habe. Sam war wirklich sauer.«

»Wie hat er dich dazu bekommen, heute mit auf den Hochzeitszug zu springen?«

Sie stieß ein verächtliches Geräusch aus. »Er hat mich ebenso über den Tisch gezogen wie Nicholas dich. Als er auch noch angefangen hat, von Gefühlen zu sprechen, habe ich lieber gleich zugestimmt.«

Meghan ließ sich von der kontrollierten Fassade ihrer besten Freundin nicht täuschen, denn sie spürte deutlich, dass Sarahs Finger zitterten. Die Domina war mindestens so aufgeregt wie sie selbst – wenn nicht sogar mehr.

»Eins sage ich dir: Ich mache drei Kreuze, wenn wir nachher auf der Party sind.«

Meghan verzog das Gesicht. »Dann sind wir verheiratet. Das wollten wir doch eigentlich nie.«

»Eigentlich kommt es mir gar nicht so schlimm vor. Vielleicht kann man doch alles haben.«

»Du meinst Karriere und einen Mann?«

Sarah grinste und enthüllte dabei ihre strahlenden Zähne, was ihr das Aussehen eines gefährlichen Raubtiers gab. »Eine Ehe und guten Sex.«

Wie auf Bestellung sahen Nick und Sam gleichzeitig zu ihnen. Sam Price deutete mit dem Finger auf Sarah. »Das habe ich gehört, meine Liebe.«

Nonchalant zuckte sie mit den Achseln. »Hauptsache, du vergisst es bis heute Abend nicht.«

Der Wagen hielt und Meghans Herzschlag geriet aus dem Takt. Es war so weit. Es war tatsächlich und wahrhaftig so weit.

Sam stieg aus und zog Sarah mehr oder weniger mit sich. Meg hörte nur, wie ihre Freundin gequält aufstöhnte, da hielt Nicholas ihr die Hand hin. Sie schob ihre Finger zwischen seine.

»Weißt du noch, was du sagen musst, Baby?«
Sie lächelte ihn an. »Ja, ich will.«

ENDE

17405918R00062

Printed in Poland
by Amazon Fulfillment
Poland Sp. z o.o., Wrocław